Publié avec les autorisations de VLB éditeur et de Martin Michaud

Rue de la Blanche Borne 15
6280 Loverval – Belgique
www.kenneseditions.com

Dépôt légal : novembre 2015 — D/2015/13.105/47

ISBN : 978-2-8758-0213-2
NUART : 19-4821-0

Imprimé en Europe sur les presses du groupe CPI

S.A.S.H.A.

Du même auteur, chez le même éditeur

Hors série

Sous la surface
S.A.S.H.A.

Enquêtes de Victor Lessard

Il ne faut pas parler dans l'ascenseur
La chorale du diable
Je me souviens
Violence à l'origine (2016)

Martin Michaud

S.A.S.H.A.

Roman

Kennes

Pour ceux parmi qui je vis, les vivants et les morts.
À mon père et à mon fils.

« Il y avait la vérité, il y avait le mensonge, et si l'on s'accrochait à la vérité, même contre le monde entier, on n'était pas fou. »

George Orwell, *1984*

Il y a de ces rêves qui vous effraient parce qu'ils vous ramènent à l'origine de vos angoisses les plus sombres… Elias se réveilla en sursaut en plein cœur du cauchemar, mais fut aussitôt rassuré par ce qu'il vit dans le rétroviseur. Il n'avait pas perdu le petit. Sasha dormait toujours à poings fermés sur la banquette arrière. Se tenant le flanc droit, Elias entrouvrit la portière et la poussa avec le bout élimé de sa botte militaire. Déplier sa longue carcasse pour s'extirper du véhicule lui arracha une grimace. Allure inquiétante, nez aquilin, le colosse décharné défit quelques boutons de sa chemise à carreaux, puis il prit la balle de tennis jaune qu'il avait calée entre le pare-brise et le tableau de bord.

Il la fit rebondir sur le sol à quelques reprises avant de la ranger dans une poche de son imperméable noir. À travers le film de poussière qui recouvrait la vitre de la portière, il détailla le garçon un instant. Sasha avait besoin de vêtements propres et d'un bain, mais, ses traits fins ainsi encadrés par ses cheveux blonds, il avait l'air d'un ange. Elias allait poser ses doigts sur la poignée lorsque l'enfant battit des paupières. Un sourire espiègle se dessina sur ses lèvres quand il croisa le regard de l'homme.

Dans l'air tiède du stationnement étagé, Sasha marchait quelques pas devant Elias. Sur les épaules frêles du garçon, un sac à dos vert tressautait, ressemblant, contre sa silhouette filiforme, à une étrange carapace de tortue. De temps à autre, Elias observait les alentours dans le reflet des vitres des véhicules. On ne les suivait pas.

— Tu as pris toutes tes choses ?

— Oui. On va encore changer de voiture ?

Elias ne répondit pas. Alors qu'ils quittaient le couvert du stationnement pour s'engager sur la passerelle qui menait au terminal de verre et d'acier, le soleil leur mordit les paupières, la touffeur de l'après-midi les happa. Ils rejoignaient le flot de voyageurs lorsqu'un grondement sourd s'amplifia jusqu'à déchirer le silence et ricocher dans leurs cages thoraciques. Intrigué par le bruit, le petit s'arrêta net. Une main en visière, le vent balayant ses cheveux, il leva la tête. Sur la piste, un avion quittait le sol et prenait de l'altitude, tranchant l'azur.

— On peut aller voir de plus près ?

Derrière ses lunettes fumées, Elias scruta la faune bigarrée qui sortait des véhicules, se déversait sur le trottoir et se précipitait vers le terminal en tirant des valises à roulettes. Du revers de la main, il essuya la sueur qui perlait sur son front.

— On va y aller, mais seulement cinq minutes, OK ?

Sasha acquiesça, et ils marchèrent sans dire un mot jusqu'au bout du débarcadère. Là, le garçon alla appuyer ses petits doigts contre la barrière de métal. Un appareil d'Air Canada rasa leurs têtes en vrombissant.

— C'est la première fois que tu vois un décollage d'aussi près, pas vrai ?

Elias avait haussé la voix pour percer le vacarme des réacteurs. Fasciné par le spectacle qui s'offrait à lui, la tête penchée vers l'arrière, Sasha cria « oui » sans quitter l'avion des yeux. Après un moment, l'enfant, toujours ébahi, ajouta pour lui-même :

— C'est vraiment magnifique !

Elias enveloppa Sasha d'un regard tendre empreint de nostalgie. Il regrettait la naïveté, les lumières de l'enfance. Les siennes s'étaient rapidement voilées, puis éteintes. Il avança la main, essaya de la poser sur l'épaule du petit, mais fut incapable de ce geste d'affection. Des voix retentirent dans sa tête, trop fortes, trop familières.

« Je n'y arriverai jamais… »

« Tu y arriveras, Elias. Il le faut… »

À l'étage des départs, Elias examina longuement le tableau d'affichage des vols avant de repérer ce qu'il cherchait. L'avion qu'ils attendaient devait se poser à 16 h 30. Ils avaient un peu moins de deux heures à tuer. Elias avait faim. Ils n'avaient rien avalé depuis la veille. Sasha ne se plaignait jamais, mais lui aussi devait être affamé. Passant devant un Starbucks, il entraîna le petit vers la zone publique, où se trouvaient plusieurs cafés et restaurants.

— Tu crois qu'elle va venir, cette fois ?

Elias soupira :

— Il faut continuer d'y croire…

Le garçon toucha, contre sa poitrine, la pochette de plastique pendant à une cordelette qu'il portait autour du cou. À côté d'eux, dans sa bulle de verre, une agente de change les épiait, la mine apitoyée par leur apparence modeste.

— On doit espérer. C'est ça, hein, Elias ?

Ils s'enfoncèrent dans la foule qui se pressait devant les comptoirs alimentaires. Certaines personnes sirotaient un café en consultant leurs cartes d'embarquement tandis que d'autres mangeaient un morceau ou riaient à gorge déployée. Même s'il savait qu'il n'y trouverait pas d'autre argent que la pièce de un dollar dont il aurait besoin plus tard, Elias tâta ses poches par réflexe. Cherchant un coin plus tranquille, il entraîna Sasha jusqu'à un atrium surplombé d'un puits de lumière. L'aire, en forme de croix, abritait de grands cubes couverts de treillis métallique. Peint de bleu, de jaune, de rouge ou de vert, chaque cube était occupé par une boutique. L'espace central était pour sa part meublé de tables et de chaises blanches. Elias repéra une rangée de sièges rouges disposés de façon à permettre aux flâneurs d'apercevoir, à travers une paroi vitrée, les voyageurs qui déambulaient dans la zone d'embarquement et, au-delà, de suivre le trafic aérien. Sasha pointa la piste du doigt : un avion touchait le sol en faisant gémir son train d'atterrissage. Après avoir scruté les alentours, Elias aida le petit à se défaire de son sac à dos et l'installa dans l'un des fauteuils. Puis, il ouvrit le sac et en sortit un livre, qu'il posa devant le garçon.

– Ne bouge pas d'ici, ce ne sera pas long.

– D'accord.

Elias disparut, et le petit se plongea aussitôt dans la lecture du livre, un ouvrage illustré de vulgarisation sur la Terre et les planètes du système solaire.

Se sentant observé, Sasha se retourna. Une fillette de son âge le dévisageait. Assise sur le serpentin de banquettes, lovée dans les bras de sa mère, la gamine se laissait couvrir de baisers, l'air un peu lasse. En guise de salut, le petit leva la main et lui sourit en fermant les paupières, mais la fillette détourna brusquement la tête. À la fois ému et hypnotisé par les caresses et l'attention que la mère prodiguait à sa fille, Sasha contempla encore un peu les deux beautés blondes avant de replonger le nez dans son livre. Il soupira. Sa maman lui manquait.

Un sourire béat accroché aux lèvres, Sasha regardait dehors à travers la paroi vitrée. Un avion s'arracha du sol avec fracas, monta lourdement dans le ciel, puis disparut dans les nuages. Soudain, l'expression du petit changea, son sourire mourut et, la peur au ventre, il s'enfouit le visage dans les mains.

Elias trouva une assiette vide et fit discrètement le tour des tables de l'aire de restauration, récupérant les restes de nourriture abandonnés sur les plateaux. Un muffin presque complet, une moitié de burger, un morceau de pain, des frites noyées dans la sauce barbecue, des feuilles de salade et une banane trop mûre : en quelques instants, il parvint à constituer un simulacre de repas. Elias emporta son butin aux toilettes et s'enferma dans une cabine. À l'abri des regards, il coupa les victuailles en petites bouchées à l'aide d'un couteau de plastique, afin de faire disparaître les traces de dents. Il sortit de la cabine, puis lava avec du savon à mains deux verres souillés qu'il avait trouvés et les remplit d'eau. Il aperçut dans le miroir le reflet de son visage émacié. Des cernes bleuâtres s'étalaient sous ses yeux injectés de sang. Du bout des doigts, il palpa sa mâchoire, recouverte d'une barbe grise et drue. Quelques-unes de ses dents se trouvaient dans un piètre état et l'accablaient d'une douleur sourde. Il baissa le regard. Ses vêtements défraîchis sentaient encore la fumée de l'incendie.

Il ne s'était pas écoulé plus de dix minutes depuis son départ lorsqu'Elias revint à la hâte dans l'atrium avec son plateau à la main. S'avançant vers les fauteuils, il fut soulagé en apercevant la petite tête ébouriffée. Absorbé par sa lecture, le garçon n'avait pas bougé de son siège.

Ils s'installèrent à l'une des tables blanches de l'atrium. Les paupières closes, le petit murmura une prière apprise des années plus tôt, puis il mordit avec appétit dans le morceau de hamburger en balançant ses jambes sous la chaise.

— Mmm… C'est drôlement bon !

— Tu aimes ça ? Tant mieux.

Sasha leva vers lui un regard rempli de reconnaissance. Il reprit la parole :

— Dans d'autres pays, il y a plein d'enfants qui meurent de faim. Nous, on est chanceux de pouvoir manger presque tous les jours, hein ?

Guettant les allées et venues des voyageurs, Elias acquiesça d'un signe de tête. Il avait choisi cette table pour deux raisons : d'abord, elle se trouvait loin des caméras de surveillance ; ensuite, de cet endroit, il avait une vue d'ensemble sur ce qui se passait autour d'eux. Le petit engloutit une bouchée de muffin.

— Tu ne manges pas, toi ?

Elias avait ramassé juste assez de nourriture pour le garçon. Aux toilettes, il avait bu de l'eau jusqu'à en avoir une boule dans l'estomac. Il comptait tenir une journée de plus.

— Non. Je n'ai pas très faim.

— Il faut que tu manges, c'est important.

Sasha lui tendit un bout de pain.

— Tiens.

Elias hésita, le mit dans sa bouche puis le mâcha plus longtemps que nécessaire. Son estomac se contracta et le fit souffrir.

— Ça te plaît, les avions ?

— Oh oui ! C'est incroyable qu'ils puissent flotter comme ça dans les airs. Quand on aura des sous, j'aimerais bien avoir ce que tu m'as montré dans le livre. Tu sais, l'oiseau de toile qu'on fait planer dans le ciel avec une corde.

— Ça s'appelle un cerf-volant.

Une lueur brilla dans les yeux de Sasha.

— Oui, c'est ça, un cerf-volant ! Est-ce qu'un jour je pourrai en avoir un ?

— Bien sûr.

— Tout rouge ? Avec des flammes jaunes ?

Elias ne put réprimer un sourire. C'était la première fois depuis longtemps que le petit le voyait sourire.

— Si tu veux.

— Il faut bien rêver, hein?

Sasha posa sa main sur celle d'Elias, qui la retira aussitôt. De vivre en retrait du monde avec le petit avait eu des conséquences sur son caractère. Les gestes les plus banals pouvaient le plonger dans le passé, à l'intérieur de lui-même, provoquer des absences. Et, depuis qu'il était entré dans sa vie, Sasha le ramenait à sa douleur, à l'autre garçon. De nouveau, les voix dans sa tête le sermonnèrent.

« Ce n'est qu'un enfant, Elias... Il voulait simplement te prendre la main. Pense au vieux, pense à comment il se comportait avec toi. »

« Je sais, mais je ne peux pas... »

« Si, tu peux! »

Elias ferma les yeux. Bientôt, il revit sa propre main d'enfant se poser sur celle, robuste, de son père. L'image du vieux lui apparaissait encore en songe, la nuit. Au réveil, la même question l'angoissait: que lui avait appris son père? Et dès lors, il tentait de retrouver les fragments épars de ses rêves et de les emboîter comme les pièces d'un casse-tête jamais complété. Il s'efforçait de se souvenir dans les moindres détails de l'éducation qu'il avait reçue, espérant pouvoir un jour transmettre tous ces enseignements au petit. Elias rouvrit les paupières.

Quelques voyageurs remontaient le corridor pour rejoindre la porte d'embarquement. Sasha le fixait. Sa candeur et son innocence le bouleversaient.

« Combien de temps pourras-tu continuer à lui mentir ? Vous n'y arriverez pas, Elias. »

« Je ne lui ai pas menti ! Je vais tout arranger… Tout finira par s'arranger ! »

Tant qu'ils s'étaient terrés dans cette cabane au fond des bois de la vallée de la Missisquoi, il avait cru qu'il serait possible de disparaître et d'échapper à ceux qui les poursuivaient ; que Luana, la mère du garçon, pourrait les y rejoindre et vivre tranquille avec eux. Sasha et lui s'étaient organisés. Dans la forêt, ils pouvaient chasser et pêcher à volonté. Le petit était devenu un chasseur redoutable, maniant le fusil et dégommant la perdrix avec l'assurance d'un vieux coureur des bois. Ils avaient par ailleurs accumulé suffisamment de vivres pour voir venir, coupé assez de bois pour se chauffer quelques hivers et amassé autant de couvertures qu'il en faudrait pour être au chaud. Elias attrapa la balle de tennis dans sa poche et, perdu dans ses pensées, se mit à la faire rebondir sur le sol. Dans sa tête, les voix poursuivaient leurs récriminations :

« Cesse de te raconter des histoires. Depuis l'incendie de l'autre nuit, vous n'avez plus rien, Elias. Plus rien… »

Leur frugal repas achevé, Sasha avait continué à lire son livre à voix haute, prononçant des mots que même Elias ne connaissait pas, puis il avait suggéré qu'ils discutent ensemble de certains aspects de sa lecture. Il était question de matière, d'orbite des planètes autour du soleil et de satellites. Elias lui avait expliqué du mieux qu'il pouvait ce qu'il en comprenait. Une lueur dans le regard, le petit buvait ses paroles. Pour une rare fois, les voix d'Elias chuchotèrent au diapason. Elles disaient que la curiosité de l'enfance est infinie, comme l'univers.

Elias se leva, glissa ses pouces sous sa ceinture et remonta son pantalon. Il n'était plus qu'un amas de muscles secs, de nerfs et de tendons. Les yeux plissés, il resta un moment à surveiller les allées et venues des voyageurs. Puis, du menton, il pointa en direction du corridor.

— Allez, viens.

— Où on va ?

— Aux toilettes.

— J'ai pas envie. Je peux continuer à lire ?

— Non.

Le petit releva la tête et esquissa un sourire désarmant.

— S'il te plaît !

— Il me semble t'avoir déjà dit que, quand je te demande quelque chose, je ne veux pas de discussion.

Sasha se tut.

— Je te l'ai déjà dit, non ?

Le garçon se leva à contrecœur. Elias rangea le livre dans le sac à dos vert et passa la courroie sur sa propre épaule. Ils se mirent à marcher côte à côte. Un géant aux abois et un Lilliputien.

— Dans combien de temps elle arrive ?

— Bientôt.

— Et après, qu'est-ce qu'on fera ? On va repartir dans les bois ?

— Je ne sais pas. Ça va dépendre.

Elias jeta un regard par-dessus son épaule. Il surveillait constamment leurs arrières.

— Ça va dépendre de quoi ?

— Je ne sais pas, Sasha.

Avançant d'un pas rapide, ils laissèrent derrière eux un comptoir où les représentants d'une compagnie aérienne enregistraient les voyageurs et délivraient des cartes d'embarquement.

Le garçon pointa le doigt vers une entrée.

— Il y avait des toilettes juste là.

— Il y a trop de monde, ici.

Ils marchèrent encore un peu en direction de l'hôtel Marriott et passèrent près du vitrail en dix panneaux de Wesselow. Sasha détailla les fragments de verre multicolores où se réfléchissaient les rayons de soleil. Il voulut ralentir pour admirer l'œuvre, mais Elias le tira par la manche. Ils contournèrent une franchise de café, empruntèrent le corridor derrière et s'arrêtèrent devant une porte. Elias scruta les alentours pour s'assurer de n'être pas surveillé et sortit de sa poche un trousseau de clés.

— Ici, c'est bon.

Il introduisit une première clé dans la serrure et tenta de la déverrouiller, sans succès. Il en essaya une deuxième à la hâte. À la suivante, un déclic se fit entendre. Elias tourna la poignée, poussa le battant et fit entrer Sasha dans un local de service réservé au personnel d'entretien.

— C'est ça, un passe-partout ?

Elias plaqua l'index contre ses lèvres pour qu'il garde le silence et verrouilla derrière eux. Une forte odeur de désinfectant flottait dans la pièce éclairée au néon. Des vadrouilles, des serpillières et des balais étaient alignés contre un mur. Un comptoir d'acier inoxydable et un évier industriel voisinaient une étagère remplie de produits de nettoyage, de rouleaux de papier hygiénique et d'essuie-mains pour les distributrices. Les yeux d'Elias se fixèrent, au fond de la pièce, sur une cabine. Posant un genou par terre, il regarda sous la porte pour s'assurer qu'il n'y avait personne.

— Ça va. On est seuls.

Elias sortit de la poche de son imperméable un tuyau de métal long de vingt centimètres au bout aplati, qu'il cala dans l'interstice entre le plancher et le bas de la porte du réduit. Il jeta le sac à dos sur le comptoir, se défit de son imperméable, puis se tourna vers le garçon.

— Allez, déshabille-toi.

Le petit retira la pochette de plastique qu'il portait autour du cou, puis commença à déboutonner sa chemise. Déjà, Elias ôtait la sienne. Sur le flanc droit, il portait un bandage carré que Sasha pointa du doigt.

— Ça fait encore très mal ?

— Oui.

Elias avait désinfecté et suturé la plaie lui-même quelques jours plus tôt.

— Tu ne crois pas qu'il faudrait aller à l'hôpital ?

Essayant de transformer un rictus de douleur en sourire, Elias souleva le garçon et le fit asseoir délicatement sur le comptoir. Il ouvrit les robinets, calibra la température de l'eau, puis marcha jusqu'à l'étagère pour y saisir une recharge d'essuie-mains. Il prit plusieurs morceaux de papier et les mouilla avant d'y faire couler du savon. Avec minutie, il se mit alors à débarbouiller le visage de Sasha, qui resta sagement sans bouger.

— On va être bien propres, hein ?

Elias acquiesça en silence tout en continuant de faire sa toilette.

— Voilà. Maintenant, prends du savon et lave-toi les mains.

— D'accord.

Pendant que le petit obtempérait, Elias se nettoya sommairement le visage et les aisselles. Une fois l'opération terminée, il utilisa plusieurs feuilles d'essuie-mains pour se sécher. Il fit de même pour le garçon. Puis, il sortit une fiole et une seringue d'un des compartiments du sac à dos. Il allait se faire une injection lorsqu'il se retourna d'un bloc, retenant son souffle : quelqu'un venait de déverrouiller la porte et essayait de l'ouvrir. Elias fut à côté du battant en un bond. Plaqué contre le mur, il fit signe à Sasha de se cacher dans la cabine. Le tuyau de métal qui bloquait la porte tenait bon ; malgré les secousses, cette dernière refusait de céder. Les poings serrés devant lui, Elias se tenait prêt. Lorsqu'il prenait cet air menaçant, il semblait encore plus grand et plus imposant que d'ordinaire. Une fois que le calme fut revenu, qu'on eut cessé de pousser sur la porte, le petit s'approcha et posa la main sur l'avant-bras d'Elias.

— C'était seulement quelqu'un qui voulait prendre un balai…

Elias tendit l'oreille encore un moment, puis il se hâta vers le comptoir. Il fouilla dans le sac à dos de Sasha, en sortit un chandail propre et aida le garçon à l'enfiler. Dessus, il y avait la tête d'un personnage de bande dessinée dont Elias avait oublié le nom. Le petit promenait sa main sous ses narines.

— Mmm… Ça sent bon…

Elias mouilla ses doigts sous le robinet et lui replaça les cheveux.

— Voilà. Tu vas être beau pour accueillir ta maman.

Fusée éclairante dans les ténèbres qui avaient envahi leur existence, un large sourire illumina le visage de Sasha. Les voix qui hantaient Elias murmurèrent de nouveau :

« Cette fois, tu dois être au rendez-vous, Luana. »

Avant de quitter le local de service, Elias se fit une injection en grimaçant, se rhabilla et prit soin de récupérer le bout de tuyau. Glissant la tête par l'entrebâillement, il scruta les environs avec appréhension. Il avait craint que l'employé d'entretien qui avait tenté d'ouvrir la porte ne rapplique, mais le corridor était désert.

— On peut y aller ? demanda Sasha, qui s'agrippait à sa jambe.

— Oui. C'est bon.

Ils sortirent dans le corridor et retournèrent vers l'aire de restauration en marchant derrière un groupe de voyageurs en transit. Ces derniers conversaient dans une langue incompréhensible, mais agréable à l'oreille du garçon.

— Ils ne parlent pas anglais, hein ?

— Non.

— Ils parlent quelle langue ?

— Le français. À Montréal, les gens parlent français et anglais. Et d'autres langues aussi.

Sasha prononçait le mot « Montréal » sur tous les tons.

— Aujourd'hui, c'est la fête nationale du Québec.

— C'est quoi ?

— La fête des gens qui parlent français.

Le petit fronça les sourcils.

— C'est bizarre. Ce n'est pas la fête de ceux qui parlent anglais aussi ?

— Oui... Enfin, non. Pas vraiment.

— Pourquoi ?

— C'est compliqué.

Un homme au volant d'une voiturette électrique chargée de bagages passa près d'eux. Sasha leva ses grands yeux ébahis vers Elias.

— On a le droit de se promener avec des voitures dans l'aéroport ?

— Seulement quelques employés le peuvent.

Le garçon parut perplexe.

— Pourquoi ?

— Parce que c'est comme ça.

— D'accord.

Sasha s'était immobilisé net devant la vitrine d'une boutique Relay, où l'on vendait des journaux, des livres et des revues. Il avait repéré un roman de la série *Harry Potter* sur une étagère et le fixait. Un peu en retrait, Elias balayait le corridor du regard.

— Tu as déjà lu un *Harry Potter* ?

— Non. Jamais.

— Tu aimerais en lire un ?

Le petit écarquilla les yeux.

— Oh oui !

Et presque aussitôt, il ajouta, raisonnable :

— Mais quand on aura des sous, hein ?

— Oui. Quand on aura de l'argent, je t'achèterai la série complète.

Sasha battit des mains d'excitation.

— C'est vrai ? Promis ?

— Oui. C'est promis.

Ils passèrent près d'un immense écran où étaient affichées les heures de départ des vols, puis ils retournèrent s'asseoir à la même table blanche dans l'atrium. Le petit ressortit le livre du sac à dos et se mit à lire à voix haute. Elias s'était installé à côté de lui, le menton dans la paume. L'homme ne prêtait pas attention au propos, mais d'entendre la voix chantante du garçon l'apaisait. De temps à autre, les moteurs d'un avion décollant grondaient en sourdine. Devant eux, le vendeur d'une boutique marchait de long en large, las d'attendre des clients qui ne se présentaient pas. Elias jongla un instant avec l'idée de se lever pour aller lui parler. Depuis combien de temps n'avait-il pas tenu une conversation avec un adulte, hormis quelques mots échangés avec une caissière de supermarché les fois où ils avaient dû se risquer à sortir ? Il avait beau fouiller sa mémoire, il n'arrivait pas à s'en souvenir. Mais, au fond, la compagnie d'adultes ne lui manquait pas. Dans une vie antérieure, Suzanne ne lui répétait-elle pas qu'il n'était pas doué pour la communication ? Ce n'était pas du contact des autres qu'il languissait. Car il aurait très bien pu vivre en ermite. Non, ce qui lui donnait l'impression de suffoquer, c'était la perte de sa liberté, l'enracinement que provoquait le fait d'être responsable de la vie de quelqu'un d'autre.

Une nuit, dans les premiers mois de leur cavale, alors que le petit souffrait d'une forte fièvre que même une double dose d'acétaminophène ne parvenait pas à faire baisser, Elias avait eu une idée monstrueuse. Il avait pensé fuir et abandonner Sasha à lui-même dans les bois. Le garçon serait mort au bout de quelques jours, et son corps aurait fini par être dévoré par les loups. Et lui, il aurait été délivré. Cette nuit-là, il était longtemps resté dehors, allongé sur un lit de mousse, à contempler les étoiles, à écouter les bruits de la forêt. Un vol d'oies était passé dans le ciel en cacardant. Il les avait enviées, avait jalousé leur insouciance et leur liberté. Et il avait maudit son propre sort. Puis, au bout d'un moment, il était retourné dans la cabane. Sasha était bouillant, et son lit, trempé. Alors, Elias l'avait pris dans ses bras et, à la lueur de la lune, il avait marché jusqu'à la rivière. Là, il l'avait immergé dans les eaux glacées, maintenant le haut de son visage au-dessus de la surface. Le petit pleurait et se débattait en gémissant tellement l'eau était froide. Mais Elias l'avait tenu ainsi durant de longues minutes, puis il l'avait enveloppé dans une couverture. Sasha s'agrippait à lui, grelottant, et ses dents s'entrechoquaient comme des castagnettes. En rentrant à la cabane avec l'enfant serré contre sa poitrine, Elias avait récité à voix basse, comme une litanie, les deux mêmes phrases :

— Pardonne-moi, petit. Je ne vais pas t'abandonner.

Elias sursauta. Sasha venait de refermer son livre en le faisant claquer.

— Quoi ? Tu n'as plus envie de lire ?

Sombrant dans ses pensées, il avait peu à peu cessé de répondre aux questions que le petit lui posait à propos de sa lecture.

— Combien de temps encore est-ce qu'on doit attendre ?

— Pas beaucoup. Tu as hâte ?

Sasha se tordit les doigts.

— Je ne sais pas. Est-ce que ce serait mal si je disais non ?

Elias porta toute son attention sur le garçon.

— Non, ça ne serait pas mal. Il n'y a jamais de mal à dire honnêtement ce qu'on ressent.

— Ça lui ferait de la peine ?

— Je crois que oui.

— Est-ce que ça serait mal si on décidait de partir ?

— Tu veux dire partir maintenant, avant son arrivée ?

— Oui. Tous les deux.

Elias haussa un sourcil. L'attitude de Sasha le surprenait, mais il savait que le petit ne voulait pas être déçu de nouveau, qu'il se protégeait pour ne pas souffrir davantage.

— Je crois surtout que ce ne serait pas la bonne chose à faire.

— Mais si c'est honnêtement ce que je ressens…

L'homme se gratta le crâne. Il avait envie de dire au garçon qu'il ne fallait pas nécessairement accorder d'importance à toutes les pensées qui défilent dans notre tête. Mais il ne le fit pas. Il le comprenait.

— Tu n'as pas envie de la revoir ?

Le petit fixait le bout de ses chaussures. Il semblait sur le point de pleurer.

— Je ne sais plus.

— Est-ce que tu as peur ?

— Je ne sais pas. Depuis qu'on a perdu sa photo, je ne me rappelle plus son visage. Avant, je me souvenais aussi de son odeur, mais plus maintenant. Ça fait trop longtemps.

Les narines de l'homme frémirent tandis qu'il basculait dans ses souvenirs.

« Tu n'as pas oublié l'odeur du vieux, hein ? Il ne faut jamais oublier un parfum qui a bercé son enfance, Elias. »

Le vieux parlait peu, exprimait ses émotions avec difficulté, mais c'était un père aimant. Chaque soir, il venait dans la chambre d'Elias lui caresser les cheveux et remonter ses couvertures. Comme il travaillait de nuit, il avait pris l'habitude de se raser avant de quitter la maison. Elias adorait ce moment où son père sortait de sa chambre, mais où son odeur mêlée à celle de sa crème à raser continuait d'embaumer la pièce. Il aurait voulu créer le même genre de routine pour Sasha, lui inculquer une sorte de culte du sacré, construire des rites qui le marqueraient jusque dans sa vie d'adulte, mais il n'y parvenait pas.

Vingt ans après la mort de son père, Elias avait cherché en vain durant des jours la fragrance de sa crème à raser dans toutes les pharmacies de la ville de Washington.

— Ferme les yeux, tu la verras dans ta tête.

Sasha croisa les bras contre sa poitrine.

— Ça ne marche pas, dit-il, les paupières closes.

— T'as essayé ?

— Oui.

— Essaie encore.

Le garçon obtempéra.

— Rappelle-toi. Elle est très belle, ta maman. De quelle couleur sont ses cheveux ?

— Ils sont noirs.

— Et ses yeux.

— Bleus.

— Et sa peau ?

— Blanche. Très blanche.

Un sourire naquit timidement, puis s'élargit sur le visage de Sasha.

— Ça y est ! Je la vois ! Et je la sens !

Elias approuva de la tête. Sasha ne pouvait avoir oublié l'odeur de Luana.

« Quoi qu'il arrive, petit, je veillerai à ce que tu te souviennes toujours de ta maman. Toujours. »

Dans les haut-parleurs, une voix nasillarde de femme réclama pour la troisième fois que les passagers Edward et Manning se présentent à l'embarquement.

— Ils vont manquer leur avion ?

— En tout cas, ils sont très en retard.

Sasha étira le cou. Arrivant à proximité de leur table, une agente de bord en tailleur marine transportait un plateau chargé d'une assiette et de deux cafés fumants. Le garçon mit ses mains en porte-voix devant sa bouche et murmura à l'intention d'Elias :

— Regarde la madame avec le drôle de chapeau sur la tête. Son téléphone va sonner et elle va faire tomber son plateau.

L'agente de bord passa près d'eux et fit un sourire à Sasha. Quelques tables plus loin, un homme en costume sombre coiffé d'une casquette de pilote lui fit signe de la main. Elle marchait vers lui lorsque la sonnerie de son cellulaire retentit, la faisant sursauter. Sous la secousse, les gobelets de café et l'assiette valsèrent sur le plateau, puis glissèrent dans le vide et se répandirent sur le plancher. Aspergé de café, le pilote se leva en tenant la jambe de son pantalon, l'air irrité. L'espace d'un instant, toutes les têtes se tournèrent pour observer la scène. Quelques sourires apparurent sur les visages des autres dîneurs, qui reprirent ensuite le fil de leurs conversations. S'approchant au-dessus de la table, Elias jeta au petit un regard oblique et l'attrapa par le coude.

— Tu ne dois pas faire ça, Sasha. C'est très dangereux.

— Mais j'ai parlé tout bas…

— Qu'est-ce qu'on avait dit ? Hein ? Qu'est-ce qu'on avait dit ?

Elias leva son index et faillit ajouter quelque chose, mais il se retint. Les épaules du garçon s'affaissèrent, et il baissa les yeux vers le sol. Sa lèvre inférieure se mit à trembloter.

— Pardon. J'avais oublié.

— Tu dois me promettre de ne jamais parler de tes visions. Même si tu fais attention de chuchoter, les gens autour pourraient t'entendre. C'est compris ?

— Compris.

La dernière fois qu'Elias avait vu Suzanne, bien des années auparavant, elle se trouvait dans la cuisine de leur maison en banlieue de Washington. Il se remémorait son visage fatigué dans la lumière blafarde de l'aube, ses mains jointes posées devant elle, ses doigts devenus rêches à cause des produits chimiques des teintures qu'elle faisait à ses clientes. « Il faut porter des gants, mon amour », lui avait-il si souvent répété en des temps où il parvenait encore à lui arracher un sourire. Ce matin-là, en sirotant tranquillement son café, Suzanne lui avait expliqué pourquoi, malgré ses promesses et sa bonne volonté, il serait incapable de changer.

— Tu n'entends même plus quand je te parle, Elias. Là où tu es, je suis incapable de te rejoindre. Personne ne peut plus te rejoindre.

Il l'avait écoutée la mine basse, sans la contredire. Elle avait raison. Quand il ne gardait pas simplement le silence, retiré dans ses ténèbres, il ne lui adressait plus la parole que pour répondre à ses questions par monosyllabes. Il était devenu, en apparence, un être froid et insensible, replié sur lui-même. Déjà, à cette époque, les voix animaient sa réalité parallèle.

« Parle-lui, Elias ! Dis-lui que tu lui réponds dans ta tête, que tu as toujours l'impression de lui parler à voix haute. Retiens-la ! Dis-lui que tu l'aimes… »

« Si seulement elle pouvait entrer dans mon cerveau et voir à l'intérieur… »

À ce moment, il aurait aimé pouvoir tout lui avouer de la double vie qu'il menait, de ce métier horrible qui le rongeait de l'intérieur. Qu'elle sache tout des atrocités auxquelles il se livrait, jour après jour. Et qu'elle comprenne qui était vraiment Elias Wallach. Mais il avait été incapable de dessouder les lèvres, et Suzanne était partie en emportant ses affaires.

Il n'avait même pas tenté de la retenir. Il l'avait regardée sortir, puis avait erré quelques minutes dans la maison avant d'attraper une bouteille de whisky dans l'armoire. Machinalement, il avait placé l'album *Kind of Blue* de Miles Davis sur la platine. Au son des premières mesures de « So What », il s'était calé dans son fauteuil et ne s'était relevé que le lendemain matin avec un mal de tête lancinant, la bouteille vide gisant à ses pieds.

Il n'avait plus jamais entendu parler de Suzanne. Mais parfois, tard la nuit, il se réveillait pour penser à elle, et il était incapable alors de se rendormir. Il se demandait ce qu'elle était devenue. Avait-elle eu des enfants avec un autre homme ? Si c'était le cas, il ne lui en voulait pas. Suzanne avait eu raison de le quitter. Il n'avait pas changé.

« Tu ne pouvais pas changer, Elias. Personne ne change. »

Du moins, c'était ce qu'il croyait avant que Sasha apparaisse dans sa vie.

L'air conditionné de l'aéroport fonctionnait à plein régime. Elias frissonnait, et cela lui rappelait ce froid qui l'avait glacé jusqu'aux os quand, avec le petit, il avait traversé la frontière illégalement, de la neige jusqu'à mi-cuisse, au fond des bois. Une voix lointaine interpella Elias et le tira de son monde intérieur.

— Elias ? Papa ? Ça va ?

Il revint brutalement à la réalité. Il s'était absenté un moment. Il ne pouvait se permettre de tels égarements. Il devait demeurer sur ses gardes, rester toujours vigilant.

— Oui.

— Tu as encore disparu dans ta tête.

— Oui, je sais. Excuse-moi. Je suis là maintenant.

Elias observait autour d'eux. L'atrium s'était rempli, et les bribes de conversation se mélangeaient les unes aux autres pour former un maelström de sons incompréhensibles. Sasha avait repris sa lecture à voix haute. Comme s'il entretenait l'espoir que le temps allait se mettre à défiler en accéléré, Elias l'écoutait d'une oreille distraite et ne cessait de consulter sa montre. Au bout de quelques minutes, ne tenant plus en place, il se leva.

— Viens avec moi, il faut que je passe un coup de fil.

— Je peux rester ici ?

Elias jeta un coup d'œil furtif derrière lui. La balle de tennis quitta sa main, plongea vers le sol, puis revint s'y nicher.

— Je préfère que tu m'accompagnes.

— Je voudrais continuer de lire mon livre ici… S'il te plaît !

Le garçon l'implorait du regard. Elias aperçut la cabine téléphonique au bout du couloir, près du comptoir d'Air Canada. De là, il pourrait garder Sasha à l'œil.

— Tu ne bouges pas d'ici. C'est compris ?

— Compris.

Elias se retourna et pointa du doigt l'autre côté de l'aire de restauration.

— La cabine téléphonique est là-bas. Tu la vois ?

Le petit se mit à genoux sur son siège.

— Oui.

— Je serai là. Tu pourras me voir.

Elias voulait éviter qu'on les repère, mais ils ne pouvaient faire autrement que de se présenter au point de chute s'ils voulaient reprendre contact avec Luana. Ils devaient donc procéder avec prudence et se tenir le plus loin possible du champ des caméras de surveillance. Si on les soupçonnait de se trouver dans la région, des logiciels de reconnaissance faciale pouvaient les localiser. Le cas échéant, la réaction serait immédiate : on tenterait par tous les moyens de les intercepter. Elias attrapa la pièce de un dollar dans sa poche et l'inséra dans la fente du téléphone. Il composa le numéro de mémoire, appuyant sur chaque touche avec soin pour éviter de se tromper. Après quelques sonneries, une voix synthétique lui annonça qu'il n'avait aucun nouveau message.

Il murmura pour lui-même :

— Merde, Luana… Qu'est-ce qui se passe ?

Le souffle court, il contempla le combiné un instant, puis pressa encore quelques touches. À la tonalité, il se mit à parler :

— Nous sommes au dernier point de chute. Tu as manqué nos deux derniers rendez-vous. On espère te retrouver, cette fois-ci… Je…

Elias se tut et raccrocha. Il s'enfouit la tête dans les paumes. Les voix reprenaient :

« Luana est peut-être morte, Elias. Ou pire encore, elle a été prise… »

« Tu n'auras pas le courage de t'occuper seul de Sasha encore très longtemps. »

« Cesse de t'en faire. Dans quelques heures, vous serez réunis, tous les trois. »

« Tu ne l'aurais pas envisagé avant l'incendie, mais peut-être que vous devriez vous livrer aux Russes. »

« Arrête ! Tu t'en es très bien tiré jusqu'ici… »

Il observa la table blanche derrière laquelle se trouvait Sasha. Lui faisant dos, le garçon était en train de lire, sa frêle silhouette perdue dans l'immensité du monde qui l'entourait. Elias resta encore un moment sans bouger, appuyé contre le téléphone.

« Non, Luana n'est pas morte… C'est impossible. »

Elias revenait vers l'atrium lorsqu'il crut reconnaître un visage parmi le flot de voyageurs qui se dirigeaient vers les portes d'embarquement. Son cœur commença à battre plus vite, la peur lui noua l'estomac. Costello ? Il s'arrêta brusquement et se mit à marcher dans la même direction que l'individu qu'il venait d'apercevoir. Réglant son pas sur celui d'un homme obèse qui le précédait, se servant de sa corpulence pour se dissimuler, Elias glissa la main à l'intérieur de son imperméable et ses doigts se crispèrent sur le bout de tuyau.

« Qu'est-ce que tu fais ?! Ne laisse pas Sasha tout seul ! Tu dois le protéger ! »

« Assez ! La meilleure façon de le protéger, c'est de m'occuper de Costello… »

Sasha s'était redressé sur sa chaise et avait tenté de repérer Elias. Inquiet de ne pas le trouver là où il devait être, il avait traversé l'aire de restauration. Il tournait en rond autour du poste de téléphone public depuis quelques minutes lorsqu'il entendit dans son dos une voix frêle et suave, un frisson dans un murmure :

— Mais qu'est-ce que tu fais là, tout seul ?

Le garçon releva la tête. Balai et pelle à poussière à la main, une silhouette androgyne vêtue d'une combinaison marquée du logo de l'aéroport penchait vers lui un visage aux traits finement ciselés.

— Je cherche mon papa.

Le petit plissa les yeux et détailla son interlocuteur. Le jeune homme avait les pommettes saillantes, les ailes du nez fines et de longs cils. Ses cheveux rouges ondoyaient dans la lumière.

— Et il est où, tu crois, ton papa ?

Sasha tourna les paumes au plafond et haussa les épaules.

— Il devait téléphoner ici.

— À quoi il ressemble ? Il est grand ou petit ?

— Il est beaucoup plus grand que toi.

Le jeune homme s'agenouilla près du garçon.

— Veux-tu venir avec moi ? Je crois que je sais comment le retrouver.

Le petit recula d'un pas.

— Non. Je vais retourner me rasseoir à ma table. Mon papa m'a demandé de l'attendre là.

L'autre l'enveloppa d'un sourire. Un sourire d'une infinie douceur.

— Tu as raison, ce n'est pas prudent de faire confiance aux étrangers.

L'androgyne pointa le doigt sur la carte d'identité plastifiée fixée au revers de sa poche de poitrine.

— Mais regarde, je travaille ici, à l'aéroport. Je vais t'emmener à un endroit où ton papa pourra te trouver plus facilement.

La méfiance se lisait sur la mine du petit.

— T'es pas un méchant ?

L'employé de l'aéroport sortit son portefeuille de sa poche. Il attrapa une photographie et la tendit à Sasha.

— Mais non, regarde : je suis le grand frère de deux petites filles qui ont à peu près ton âge. Des jumelles. Quel âge as-tu, toi ? Huit ans ?

— Sept.

— Et comment t'appelles-tu ?

— Sasha.

Le petit redonna la photo au jeune homme, qui la rempocha.

— Moi, c'est Henri.

— T'es pas un méchant, hein, Henri ? C'est sûr ?

— Tu as ma parole ! Allez, monsieur Sasha. Suis-moi.

Henri se redressa et tendit la main au garçon. Celui-ci hésita un instant puis, le jeune homme ayant gagné sa confiance, il y glissa la sienne. Le petit pointa du doigt la table sur laquelle reposaient ses affaires.

— Il faut prendre mon sac et mon livre. C'est un livre sur la Terre, les planètes et le soleil.

Henri avait d'abord essayé de trouver un agent de sécurité patrouillant à vélo dans le terminal, puis il y avait renoncé. Ceux-là n'étaient jamais dans les parages quand on avait besoin d'eux. Sans se presser, le jeune homme et Sasha marchaient à présent main dans la main dans un couloir de l'aéroport. Le garçon traînait son gros sac sur son dos. Il y avait du monde partout. Ils contournèrent un groupe de voyageurs qui poussaient des porte-bagages. Un couple courait pour attraper son avion. L'homme tirait deux valises à roulettes tandis que les talons de la femme claquaient sur le sol.

— Est-ce que je peux te poser une question, Henri ?

— Bien sûr !

— T'es un garçon ou une fille ?

Henri s'arrêta. Ses lèvres pleines dessinèrent un sourire bienveillant.

— Je suis une fille prisonnière dans un corps de garçon, Sasha… Tu comprends ?

Le petit considéra Henri d'un air grave.

— Oui, je comprends. Mais moi, je préférerais être mort qu'être encore prisonnier.

Le visage qu'Elias avait cru reconnaître s'était évaporé dans la foule. S'agissait-il d'un autre de ses fantômes ? À force de vivre en reclus dans les bois avec Sasha, il n'était même plus certain de faire la distinction entre ce qui relevait de la réalité et ce que son imagination lui faisait voir. À certains moments, il se souvenait d'événements qui s'étaient réellement produits pour aussitôt se demander s'il ne les avait pas rêvés. En d'autres occasions, le petit lui rappelait quelque chose qu'ils avaient fait la veille, et il s'en surprenait, parce que jusque-là il croyait avoir tout inventé. Sasha était tout ce qui le rattachait au monde désormais et constituait peut-être son dernier rempart contre la folie. Debout au milieu d'un couloir, immobile, il dodelinait tranquillement de la tête.

« Tu l'as laissé sans surveillance, Elias… »

« Il fallait que je m'occupe de Costello… »

« Arrête de déconner, merde ! Costello n'est pas ici. »

Il tourna brusquement les talons. Il revenait sur ses pas lorsqu'il aperçut une boutique Relay. Sans ralentir l'allure, il sortit sa balle de tennis et la fit rebondir devant lui. Un sourire se forma sur son visage. Il savait comment se faire pardonner d'avoir laissé le petit seul si longtemps.

Sasha ne pouvait détacher les yeux de l'insigne fixé à la poche de poitrine de l'homme. Dès qu'il y avait lu le mot « Sécurité », il avait su qu'Elias serait très en colère qu'il ait désobéi et quitté la table. Derrière le comptoir, l'homme gratta avec l'ongle de son index l'excroissance qu'il arborait à la joue droite. Il jeta un coup d'œil sur ses moniteurs de vidéosurveillance avant de baisser le regard vers le petit.

— Comment t'appelles-tu, mon garçon ?

Sasha dut arquer la tête vers l'arrière pour s'adresser à son interlocuteur. Une brindille dans un monde de géants.

— Sasha.

— Sasha comment ?

— Juste Sasha.

L'agent de sécurité afficha un air inquisiteur. D'un geste solennel, il attrapa un thermos métallique, en dévissa le bouchon et versa un liquide fumant dans une tasse.

— Et ton papa ?

L'homme souffla sur le breuvage.

— Il s'appelle Elias.

— Elias qui ?

Le petit haussa les épaules pour signifier qu'il ne savait pas. Avalant une gorgée de café brûlant, l'agent de sécurité grimaça et porta la main à sa bouche. Du doigt, il se palpa la langue avant de reprendre la conversation.

— Tu ne connais pas le nom de famille de ton papa ?

— Non.

Le vieil agent de sécurité toussa dans son poing. Puis, se tournant vers Henri, il le gratifia d'un sourire empreint d'une grande lassitude.

— Et moi qui croyais avoir tout vu !

Dans la boutique Relay, Elias parcourut une revue spécialisée sur le cinéma dont la couverture présentait une photo noir et blanc de Humphrey Bogart coiffé de son éternel feutre, cigarette aux lèvres. Puis, il fit mine de s'intéresser à un polar intitulé *Sous la surface*, le feuilletant avec désinvolture. Se déplaçant légèrement sur sa droite, le nez toujours plongé dans le livre, Elias alla se poster dos devant l'étagère où étaient disposés les *Harry Potter*.

« Non ! Ce n'est pas un risque acceptable. Ne le fais pas ! Tu perds tes bases, Elias ! »

« Mais ça va faire tellement plaisir à Sasha… »

« Arrête, bon sang ! Retourne là-bas tout de suite ! Tu l'as laissé seul ! C'est dangereux ! »

Elias hocha la tête pour faire taire les voix. Tenant le polar d'une main, il plaça l'autre main derrière lui et, d'un geste presque imperceptible, saisit le premier tome des aventures du jeune sorcier. Ramenant cette main sur le côté de son corps, il glissa subrepticement le livre dans la poche de son imperméable. Du coin de l'œil, Elias s'assura que personne ne l'avait vu et continua à faire mine de lire le polar encore quelques instants. Puis, consultant sa montre, il le remit sur la tablette et franchit le seuil de la boutique avec circonspection, craignant à tout moment d'entendre résonner une alarme. Rien de tel n'arriva. Pourtant, lorsqu'il eut passé la sortie de quelques mètres, une voix d'homme l'interpella:

— Monsieur ! Monsieur !

Le cœur d'Elias s'emballa. Prêt à s'enfuir à toutes jambes, il poursuivait son chemin normalement lorsqu'une main se posa sur son épaule. Ses doigts enserrèrent le tuyau de métal à travers le tissu de son imperméable. Sur ses gardes, il se retourna sèchement. Hors d'haleine, un homme corpulent avec une chevelure d'une blancheur immaculée lui tendait la balle de tennis qu'il avait laissée sur une pile de journaux, à côté de l'étagère de romans policiers. Il avait complètement oublié de la reprendre.

— Hâte à la Coupe Rogers, hein ? C'est le tour des femmes cette année !

Le vieil homme lui adressa un clin d'œil complice et se pencha à son oreille.

— Entre nous, la p'tite Eugénie Bouchard est pas piquée des vers, hein ?

L'homme éclata d'un rire tonitruant. Elias fourra la balle dans sa poche, bredouilla de vagues remerciements et tourna les talons. Son sang battait violemment dans ses tempes et sa blessure aux côtes le faisait souffrir, mais il pressa le pas. Il n'avait plus qu'un seul objectif en tête : revenir auprès de Sasha pour lui faire la surprise.

Alors qu'il marchait dans le corridor pour regagner l'aire de restauration, Elias imagina la joie immense que ressentirait le petit lorsqu'il lui remettrait le livre. Cette pensée suffit à le rasséréner et à faire taire les voix. En fait, l'idée qu'il éprouverait la même exaltation que la première fois qu'ils avaient allumé du feu dans les bois lui mettait du baume au cœur. Les occasions de célébrer s'étaient faites plutôt rares depuis qu'ils s'étaient enfuis. Elias essayait de se souvenir de la date d'anniversaire du garçon, mais cela restait flou dans sa mémoire. Était-ce en juin ou en juillet ? Qu'importe. Trop de choses lui échappaient ces derniers mois. Tout ça avait commencé bien avant l'incendie de l'autre nuit. Comme si le temps, la fatigue et l'isolement avaient peu à peu érodé ses réflexes et ses facultés.

Lorsqu'il parvint à l'aire de restauration, une bouffée d'angoisse l'étreignit. Sasha n'était plus là.

« À quoi as-tu pensé, bon sang !? Je t'avais pourtant dit qu'il ne fallait pas le laisser si longtemps sans surveillance ! »

« Mais, je voulais seulement lui faire une surprise… »

Elias prit une bonne inspiration et s'efforça d'analyser la situation froidement. Pivotant sur lui-même, il scruta dans toutes les directions. Puis, il se mit à arpenter les allées entre les tables, questionnant des inconnus au hasard : avaient-ils aperçu un gamin de sept ans avec des cheveux blonds et un sac à dos vert ? Un homme d'origine afro-américaine qui traînait un chariot métallique sur lequel était inscrit *Service de porteurs : 5 $ par valise* lui offrit de l'aider à chercher, mais déjà Elias s'éloignait au pas de course. À toute vitesse, il refit le trajet jusqu'au téléphone public. Sasha avait-il tenté de venir le rejoindre ? Son esprit tournait à vide, ses idées s'embrouillaient.

« Où es-tu passé, Sasha ? »

« Réfléchis, merde ! Reprends-toi si tu veux le revoir vivant… »

Elias se secoua. Son regard retrouva son acuité. Il ne pouvait se permettre de ne pas être entièrement opérationnel. Surtout pas ici, surtout pas maintenant. Chaque corps se mouvant dans l'espace devint dès lors un adversaire potentiel. Il passa les corridors au crible à la recherche d'une personne au comportement inhabituel ; son cerveau analysa les possibilités, tenta d'isoler les éléments discordants. Le visage qu'il avait cru apercevoir plus tôt lui revint en mémoire. Son attention se reporta sur les hommes qui déambulaient dans son champ de vision.

« Costello, si jamais tu touches à un seul cheveu de cet enfant… »

L'agent de sécurité se pencha sur son bureau et se mit à chercher à travers le fouillis. Il écarta les crayons, déplaça des piles de papier, bougea un gros trousseau de clés et faillit renverser une tasse où croupissait un reste de café. Les mains sur les hanches, les épaules rejetées vers l'arrière, Henri l'interpella :

— T'as perdu quelque chose, Paul ?

— Mmm ? Mes lunettes…

Sans relever la tête ni interrompre sa fouille, l'agent de sécurité désigna le coin du bureau.

— J'ai des biscuits par là. Tu peux lui en donner.

Henri tira à lui la boîte de biscuits au beurre, l'ouvrit et la tint devant Sasha.

— T'en veux ?

Le petit scruta le visage du jeune homme, y cherchant une approbation. Henri prit un biscuit et le croqua.

— Mmm… C'est bon !

Après une hésitation, Sasha avança prudemment la main et saisit un biscuit. Henri agita la boîte sous son nez.

— Te gêne pas, Sasha. Prends-en quelques-uns.

Le petit s'exécuta, et deux nouveaux biscuits passèrent dans sa paume. Il mordait dans l'un d'eux lorsque l'agent de sécurité se redressa et commença à palper les poches de sa chemise.

— Merde ! Mais où est-ce que j'avais la tête ? Les voilà !

L'agent de sécurité attrapa ses lunettes et se mit à les astiquer avec un mouchoir. Après avoir inspecté la propreté des verres sous l'éclairage d'un néon, il les enfila. Elles tenaient en équilibre précaire sur son nez lorsqu'il saisit un émetteur sur sa console et cligna de l'œil à l'intention du garçon.

— Bon. Maintenant que je vois ce que je fais, on va s'occuper de toi, monsieur Sasha Je-n'ai-pas-de-nom-de-famille.

Le petit dévora la deuxième moitié du biscuit en souriant.

Elias se figea brusquement et tendit l'oreille. Les mâchoires contractées, il retint son souffle. Une voix d'homme crépitait dans les haut-parleurs. Avait-il rêvé ou bien quelqu'un avait prononcé son nom ?

— Je répète : on demande à M. Elias de venir retrouver son fils Sasha au bureau de la sécurité. *Mr. Elias, your son Sasha is waiting for you at security's desk.*

Elias soupira de soulagement et se mit à évaluer les scénarios possibles. Le petit avait tenté de le rejoindre au poste téléphonique et ne l'avait pas trouvé. Ou encore quelqu'un s'était inquiété de le voir assis seul à la table durant de longues minutes et avait contacté la sécurité. Peu importe ce qui s'était passé, le résultat demeurait le même : il avait été pris en charge par les autorités. C'était un moindre mal – Elias avait d'abord craint le pire –, mais pas pour autant une bonne nouvelle… Plus tôt, en se rendant à l'aire de restauration, il avait repéré un panneau indiquant le bureau de la sécurité. Il s'y dirigea à pas rapides.

Elias s'approcha sans bruit du comptoir. Son sac à dos sur ses épaules frêles, Sasha mangeait un biscuit. Un genou au sol, un jeune homme efféminé semblait lui faire la conversation tandis qu'un gardien de sécurité observait la scène en souriant. Ils ne l'avaient ni vu ni entendu arriver. Elias jaugea l'homme. Fin cinquantaine, uniforme fatigué, moustache et chevelure grise, paupières tombantes, le type avait la bouille sympathique du bon père de famille. Il s'agissait du genre de personne qui exerçait son métier depuis longtemps et qui en avait vu d'autres. La partie n'était pas gagnée d'avance, mais il aurait plus de facilité à négocier avec un tel homme qu'avec un jeune frais émoulu du centre de formation. Les jeunes avaient trop souvent tendance à faire du zèle pour imposer leur autorité.

Enfin, Sasha releva les yeux et l'aperçut.

— Papa !

Le petit se précipita vers lui et s'enroula autour de sa jambe, s'y cramponnant comme il le faisait quand les orages ébranlaient les bois. Elias eut d'abord un mouvement de recul.

« Prends-le dans tes bras ! »

« Non, je ne peux pas… »

« Il faut que tu le prennes, merde ! Sinon, ils te l'enlèveront… »

Réussissant à faire taire les voix et à surmonter son angoisse, Elias saisit Sasha sous les aisselles, le souleva de terre et l'enlaça. Lorsque la main du garçon vint se poser sur son cou, une décharge électrique le traversa. Il s'efforça d'afficher une expression à la fois soulagée et reconnaissante.

« Allez, embrasse-le ! »

« Je… »

« Tais-toi et embrasse-le ! »

Luttant de toutes ses forces contre lui-même, Elias parvint à poser un baiser sur son front. Tandis qu'il s'exécutait, il se demanda s'il était convaincant.

— Où étais-tu passé, toi ? Tu sais que je me suis inquiété ?

Sasha ne répondit pas. Son visage rayonnait de joie. Il se contentait de savourer ces marques d'affection inhabituelles. Avec un mouvement de la tête vers le jeune androgyne, l'agent de sécurité s'éclaircit la voix et annonça :

— C'est Henri qui m'a amené votre fils. Il vous cherchait près de la cabine téléphonique.

Elias se tourna vers le jeune homme, porta sa main libre à son cœur et fit un signe de reconnaissance à l'endroit du bon Samaritain.

— Merci, monsieur !

Henri cligna des paupières en souriant. Elias s'adressa à l'agent de sécurité en soutenant son regard :

— C'est ma faute ! J'étais parti téléphoner, mais j'ai dû m'absenter pour aller chercher de la monnaie. Et quand je suis revenu, Sasha n'était plus à la table où je l'avais laissé.

L'agent de sécurité leva les bras en l'air, paumes vers le haut, comme pour signifier qu'il n'y avait pas de mal.

— Ne vous en faites pas, ça arrive plusieurs fois par jour. Je vais avoir besoin de votre passeport, monsieur ?...

Elias tendit la main devant lui. Surpris, l'agent de sécurité mit un instant à réagir. Les deux hommes échangèrent une poignée de main.

— Je m'appelle Elias.

— Je vais avoir besoin de votre passeport, Elias. Est-ce que la mère de votre fils voyage avec vous ?

Elias fit non de la tête. Puis, il ouvrit la bouche pour poser une question, mais l'agent de sécurité reprit la parole avant qu'il ait pu prononcer un autre mot :

— Si vous êtes divorcé, je vais aussi avoir besoin d'une autorisation de la mère attestant qu'elle vous permet de voyager en compagnie de votre fils.

Elias analysa la situation sans émotion. Prendre ses jambes à son cou et se fondre dans la foule avec Sasha ne constituait pas une option : l'agent de sécurité donnerait l'alerte ; ses collègues et lui, secondés peut-être par des policiers, se lanceraient à leurs trousses et ils seraient vite arrêtés. Touchant des doigts le tuyau de plomb calé dans la poche de son imperméable, il envisagea la possibilité d'employer la force.

Les voix se déchaînèrent dans sa tête.

« Tu es complètement fou ou quoi ? N'y pense même pas ! »

« C'est beaucoup trop risqué. Concentre-toi sur ton objectif, Elias. Tu dois à tout prix reprendre contact avec Luana. »

Convaincu qu'il n'avait d'autre choix que de parlementer, Elias adressa un sourire complice à son interlocuteur et adopta le ton de celui qui veut dissiper un malentendu.

— Nous ne prenons pas l'avion. Nous sommes ici pour accueillir la mère de Sasha. Son vol doit atterrir à seize heures trente. Je n'ai donc pas mon passeport avec moi.

L'agent de sécurité haussa un sourcil.

— Vous savez que vous êtes dans l'aile des départs, ici ?

— Oui. Mais nous sommes arrivés tôt, et c'est plus confortable d'attendre ici qu'en bas…

— Je comprends. Dans ce cas, je vais avoir besoin d'une pièce d'identité avec photo. Votre permis de conduire ou votre carte d'assurance maladie feront l'affaire.

Elias ébaucha un sourire forcé. Il était pris au piège. Il avait perdu ses papiers dans l'incendie. De toute façon, ils ne lui auraient été d'aucun secours.

— Mon permis de conduire ? Mais pour quoi faire au juste ?

— C'est une simple précaution. Vous savez, nous avons souvent des cas d'enlèvement. Des parents qui tentent de partir à l'étranger avec leur enfant sans l'autorisation de leur ex-conjoint…

Lissant sa moustache, l'agent de sécurité laissa la phrase en suspens. Sasha avait posé sa tête contre le visage d'Elias. Sur le comptoir, le téléphone se mit à sonner.

— En quoi ces pièces vont-elles prouver que je suis le père ?

L'agent de sécurité sourit, compatissant. Il reprit d'une voix grave :

— Monsieur, je comprends parfaitement votre situation. Je ferais autrement si j'avais le choix, mais je me vois dans l'obligation d'insister.

— Mais vous voyez bien que c'est mon fils.

— Oui, bien sûr. Je regrette… C'est la procédure.

Elias se mit à palper ses poches, comme s'il cherchait quelque chose. Un peu en retrait, Henri assista à la scène les bras croisés contre sa poitrine, l'air embarrassé. Insensible au bruit, l'agent de sécurité laissait le téléphone hurler.

Elias reprit la parole :

— C'est bête. Je ne trouve pas mon portefeuille.

Puis il se tapa sur le front.

— Merde ! Je me souviens maintenant… Je l'ai laissé dans la voiture. Sasha, dis au monsieur que je suis ton papa et que je n'essaie pas de t'enlever…

Le petit passa ses bras autour du cou d'Elias et le serra.

— C'est vrai, monsieur. C'est mon papa et il est gentil.

L'agent de sécurité soupira. Sa patience commençait à s'éroder. Baissant le regard vers le bureau, il tendit le bras pour saisir le combiné lorsque la sonnerie cessa.

— Monsieur… s'il vous plaît, ne compliquez pas les choses.

— Mais qu'est-ce que vous voulez que je vous dise ? Si vous tenez absolument à voir mon permis de conduire, vous n'avez qu'à m'accompagner jusqu'à ma voitu…

L'agent de sécurité leva la main pour l'interrompre. Attrapant le bipeur qui vibrait à sa ceinture, il grimaça en le consultant.

— Excusez-moi un instant.

Il allait ouvrir la bouche pour s'adresser à Elias lorsque la sonnerie du téléphone retentit de nouveau. Il décrocha le combiné et écouta un moment. Après quelques secondes, le visage de l'agent devint grave, ses yeux exorbités demeurèrent fixes. Quand il raccrocha sans avoir prononcé un seul mot, il était livide et paraissait secoué. D'une voix blanche, il dit à Elias qu'ils pouvaient s'en aller. Puis, sans attendre ni leur donner d'autre explication, il tourna les talons et disparut derrière une porte. Elias entraîna le petit dans le corridor. Ses pensées s'entrechoquaient.

« Qu'est-ce qui se passe ? Vient-il d'apprendre que je suis recherché et dangereux ? »

« Calme-toi, Elias. Il a simplement eu une urgence… »

« Tu ne comprends pas ! Il nous a laissés partir pour permettre aux policiers armés qui patrouillent dans l'aéroport de nous intercepter. »

« Non. Tout va bien, Elias. Tout va bien… »

Ils débouchèrent dans la zone publique. Henri, qui les avait suivis, leur emboîta le pas. Même si autour d'eux les gens vaquaient à leurs activités normales, les doigts d'Elias se crispèrent, dans la poche de son imperméable, sur le tuyau de plomb.

Elias ne regrettait pas de s'être enfui avec Sasha dans les bois. Confronté de nouveau aux mêmes circonstances, il agirait exactement de la même manière. Mais cela n'empêchait pas les voix de continuer à l'accabler dans les moments de doute.

« Pourquoi tu fais ça ? Pourquoi tu continues de te battre ? Tu pourrais simplement abandonner Sasha ou le conduire près d'un hôpital. Quelqu'un le trouverait et le prendrait en charge. Après tout, pourquoi pas ? Tu pourrais te sauver, toi, et qui sait, peut-être par la même occasion le sauver, lui. Fais-le pendant qu'il en est encore temps. »

Puis, une autre voix résonnait alors dans sa tête, plus grave, plus calme. Une voix résolue et réfléchie.

« Tu n'as pas le droit de te défiler ainsi, Elias. Où irais-tu ? Et pour faire quoi ? Tu n'as plus personne vers qui revenir. Tu vis parmi les morts depuis trop longtemps. »

C'était la vérité. À part le petit, il n'avait plus personne. Il n'avait plus rien d'autre à faire que d'attendre que Luana revienne.

« Pourvu qu'elle revienne… »

Au fil des mois, Elias avait transmis à Sasha tout ce dont il avait pu se souvenir. Comment survivre en forêt, comment évider un poisson, comment se fier à la position du soleil pour se repérer. Et, surtout, il lui avait montré à faire du feu, comme le lui avait montré son propre père quarante ans plus tôt. « Tout être humain doit savoir faire du feu », professait le vieux. Il fallait que le petit apprenne le monde, qu'il connaisse les continents et leurs peuples et l'histoire de ses ancêtres, qu'il sache à qui il était redevable. Mais par où commencer ? Tout ça était tellement loin pour Elias… Le garçon lisait déjà au moment où ils avaient pris la fuite. Alors il lui avait enseigné à écrire et à compter. Le fait que l'enfant possédait des facultés hors du commun n'avait pas pour autant facilité son apprentissage. En effet, ces aptitudes mises à part, Sasha était en tous points semblable aux autres enfants de son âge. Écrire et compter n'était qu'une infime partie du bagage qu'il devait acquérir. Elias gardait pour sa part des souvenirs impérissables des matches des Yankees de New York qu'il avait vus en compagnie de son père. Aussi, il était pour lui essentiel que le petit assiste à un match de baseball au moins une fois, qu'il hume l'odeur du gazon frais coupé et l'arôme parfumé des hot-dogs enduits de moutarde. Il devait pouvoir aller à l'école et jouer au ballon avec d'autres enfants, se balader à vélo, s'endormir le soir dans un lit confortable et se sentir en sécurité. Mais voilà, il y avait eu l'autre nuit, et cette nouvelle vie patiemment construite s'était consumée dans l'incendie. Ils y avaient tout perdu, n'ayant rien pu emporter à part quelques maigres possessions. Heureusement, ils étaient parvenus à se sauver à temps. Désormais, ils ne pouvaient plus revenir en arrière. Ils devaient constamment rester en mouvement. Elias savait très bien qu'il n'était qu'un mort en sursis et qu'ils ne pourraient pas fuir éternellement. Mais, malgré le désordre de leur existence, il s'était juré de continuer l'instruction de Sasha. Une question le hantait toutefois sans relâche. Toujours la même. La vie qu'il lui avait offerte en s'échappant avec lui était-elle meilleure ou pire que celle à laquelle il l'avait arraché ?

À la surprise d'Elias, personne ne les avait interceptés à leur sortie du bureau de la sécurité. Marchant la tête basse dans la zone publique pour minimiser les risques qu'ils soient repérés par l'œil des caméras de surveillance, il avait hésité un moment. Était-il préférable de descendre à l'étage des arrivées ou de retourner près de l'aire de restauration ? Après avoir consulté sa montre, il avait choisi la seconde option. Ils avaient encore plus d'une heure à attendre. Henri sur les talons, ils avaient remonté le couloir. Elias avait eu beau presser le pas pour essayer de le semer, le jeune homme gardait toujours la même distance derrière eux. Exaspéré, Elias ralentit, puis il stoppa net au milieu du couloir. Par réflexe, il prit le petit dans ses bras et pivota sur lui-même. Henri se tenait devant eux. Des voyageurs les contournaient sans leur prêter attention. Elias plongea son regard dans celui du jeune homme.

— Écoute, mon garçon. J'apprécie énormément ce que tu as fait pour Sasha tout à l'heure. Je t'en remercie, mais maintenant, ça va aller…

Il allait se retourner lorsque Henri répliqua :

— Vous avez des ennuis, n'est-ce pas ?

Elias fut cloué sur place. Il crispa le poing le long de sa hanche, prêt à le frapper et à prendre la fuite.

« Mais qu'est-ce que tu veux, toi ? Laisse-nous tranquilles ! »

« Du calme, Elias. Peut-être qu'il veut simplement vous aider… »

Le jeune homme le considéra tout à coup d'un drôle d'air. Avait-il perçu de l'impatience sur son visage ?

— Qu'est-ce qui te fait dire ça ?

Henri avait trop de pudeur et de délicatesse pour relever leurs vêtements défraîchis, leurs cheveux sales, la crasse sous leurs ongles et la forte odeur de fumée qu'ils dégageaient.

— Je ne sais pas. C'est juste une impression, comme ça.

— Écoute, mon garçon…

Le jeune homme mit une main sur son cœur.

— Je m'appelle Henri…

Elias ferma les paupières en soupirant et déposa Sasha sur ses pieds.

« Mais qu'est-ce que tu fous, merde ? Il fallait à tout prix éviter d'attirer l'attention sur vous ! À cause de toi, vous avez failli vous faire prendre. Et maintenant, ce garçon vous colle aux fesses. Beau travail ! »

Elias cessa de remuer les lèvres. Tout ça parce qu'il avait voulu faire plaisir au petit et lui offrir un peu de réconfort. Il prit une grande inspiration et s'adressa au jeune homme :

— Tout va très bien, Henri. Sasha et moi retournons tranquillement à l'aire des départs.

Il consulta sa montre.

— D'ailleurs, si tu veux nous excuser…

Henri les scruta d'un air triste. Il avait compris le message. Il fouilla dans sa poche et, s'approchant, il attrapa le bras d'Elias et lui fourra un billet de vingt dollars dans la paume.

— Tenez, prenez ça. C'est tout ce que j'ai sur moi.

Henri mit un genou au sol devant Sasha. Il défit le fermoir du pendentif à son cou et passa le bijou autour de celui de Sasha.

— Tiens, ça, c'est pour toi.

Les traits du petit s'illuminèrent. Il porta les mains à sa bouche grande ouverte.

— Pour moi ? C'est un porte-bonheur ?

Un papillon en or pendait au bout de la chaîne dorée. Il s'était posé contre la pochette de plastique reliée à une cordelette qu'arborait le garçon.

— Oui, Sasha. Ça te portera bonheur.

Le petit fondit sur Henri et enroula ses bras autour de son cou.

— Oh, merci ! Merci, Henri !

Henri garda l'étreinte un moment. Lorsqu'il se releva, ses yeux clairs miroitaient, et un sourire ému flottait sur son visage. Elias mit la main sur l'épaule du jeune homme pour lui exprimer sa reconnaissance, laquelle allait bien au-delà des simples paroles. Côte à côte, Elias et Sasha reprirent leur marche et laissèrent Henri derrière eux. Le jeune androgyne attendit que la foule les absorbe avant de retourner à ses occupations.

Rien n'avait préparé Elias à prendre soin d'un enfant. Chaque jour, il faisait de son mieux. Dans les bois, ils avaient développé leur routine. La nuit tombée, dans la torpeur des heures figées, il arrivait que Sasha le questionne sur son passé au moment d'aller au lit. Quand il le pouvait, Elias racontait au gamin la vérité sans l'embellir. Mais, trop souvent, il était contraint de lui mentir par omission.

— Toi, ta maman… Elle te manque, Elias ?

— Je pense à elle chaque jour.

— Elle était comment ?

Lucioles scintillant dans la galerie d'ombres et de fantômes qui l'habitaient, les parents d'Elias peuplaient ses souvenirs les plus vivaces. La prise en charge du petit le renvoyant à sa propre relation avec son père, il se rappelait le vieux avec plus d'acuité. Parfois, la nuit, il l'imaginait, reconstituait son image point par point, pigment par pigment dans sa mémoire.

— Maman ? Elle était petite et très douce. Elle riait beaucoup.

— Elle te racontait des histoires avant le dodo ?

— Non, mais le soir, elle s'installait sur un fauteuil devant la télé et elle me laissait brosser ses longs cheveux noirs... Je passais des heures à brosser ses cheveux…

— Elle est morte ?

— Oui. Elle est morte il y a très longtemps.

— Elle est morte parce qu'elle était trop vieille ?

— Non. Elle a attrapé une maladie. Le cancer.

— Maman reviendra, dis ?

— Oui. J'en suis sûr.

— Elle mourra jeune comme la tienne, tu crois ?

— Elle vivra si vieille qu'elle te verra devenir un vieillard. Tu auras les cheveux tout blancs et des rides partout sur le visage ! Je te le promets.

Sasha éclata de rire, découvrant ses petites dents de lait parfaites. Même si Elias venait de faire une promesse qu'il n'était pas certain de pouvoir tenir, cette fois, les voix se turent.

La nuit, dans les bois, arrivait toujours un moment où, les paroles d'Elias l'apaisant, les yeux du petit se mettaient à papilloter. Lorsqu'il s'était endormi, Elias saisissait une bouteille de whisky et se glissait dehors sur la pointe des pieds. Assis près du feu, il observait les flammes danser devant le contour flou des arbres, tendait l'oreille au bruit du bois humide qui sifflait, humait les effluves piquants de la fumée. Et là, dans le ventre de la nuit, il songeait parfois à sa vie d'avant. Il repensait à l'époque où il vivait avec Suzanne. À tous ces mensonges qu'il avait dû raconter et aussi à tous ceux qu'il avait dû couvrir. Il se remémorait tous ces scandales, ces histoires sombres qu'il avait contribué à étouffer. Toutes ces personnes qu'il avait tuées de sang-froid et dont il revoyait le visage dans le brouillard blanc du sommeil. On l'avait convaincu qu'il était justifié d'enlever la vie. Qu'il était légitime de tuer lorsque, comme lui, on défendait une cause juste. Pendant longtemps, il y avait cru. Du moins, il avait voulu y croire. Mais maintenant, il savait que rien ne justifiait que l'on prenne la vie d'une autre personne. Sauf quand il s'agissait de sauver la sienne et celle de ceux qu'on aime. Pour survivre.

Sous l'impulsion du poignet d'Elias, la balle de tennis jaune quitta sa main, fila vers le sol, toucha le tapis en émettant un bruit d'impact feutré et revint entre ses doigts. Il se tenait debout derrière l'un des fauteuils rouges de l'atrium où, les pieds ballants dans le vide, Sasha regardait sur un écran les images d'une chaîne d'information continue. Puisque c'était bientôt l'heure de leur rituel, Elias avait décidé d'attendre un peu avant de donner au petit le *Harry Potter* qu'il avait volé à la boutique Relay. Sur leur droite, un couple était enlacé. Des jeunes, début vingtaine. La fille avait posé sa tête dans le creux de l'épaule de son amoureux. Ses cheveux roux se répandaient dans le cou du garçon. Coiffé d'une casquette à l'envers, celui-ci avait les paupières closes et les joues rouges comme s'il venait d'être giflé. Ceux-là semblaient immergés dans un compartiment étanche, totalement imperméable à la réalité. Plus loin, une femme allaitait discrètement son bébé. Autour d'eux, des gens traînant des sacs de voyage ne cessaient de marcher, de s'arrêter, de pépier dans leur cellulaire ou de consulter leur messagerie, de repartir et de marcher encore. Une alarme retentit. Elias rattrapa la balle et la rangea. Puis, il toucha un bouton sur sa montre pour la faire taire. Le petit se tourna vers lui. Une pointe d'excitation se lisait sur son visage.

— C'est l'heure ?

Pour toute réponse, Elias esquissa un sourire. Saisissant la cordelette passée autour du cou de Sasha, il l'aida à se défaire de la pochette de plastique et l'ouvrit. Il l'approcha du garçon qui, la langue au coin de la bouche, y plongea la main et se mit à remuer dans tous les sens pour mélanger les bouts de papier qui s'y trouvaient.

— Tu as fait un choix ?

Sasha retira sa main. Entre ses doigts, il tenait un petit morceau de papier replié plusieurs fois.

— Je peux le regarder ?

— Bien sûr. Vas-y.

Le garçon trépignait d'impatience, mais il déplia néanmoins le billet avec une minutie d'orfèvre. Il lut ensuite les premiers mots imprimés dessus. De la déception se peignit sur ses traits.

— Oh non ! Pas celui-là. Je le connais par cœur.

Elias haussa les épaules. Le même manège se répétait chaque jour. La pochette de plastique contenait trois cent soixante-cinq billets. Le petit rejetait toujours le premier. Elias l'approcha de nouveau à portée de sa main.

— Tu les as tous lus plus d'une fois.

Sasha rendit le billet à Elias et en attrapa un autre. Il le parcourut lentement, en remuant les lèvres. Ses jambes cessèrent de se balancer, et un sourire inonda ses traits. Elias prit le billet entre ses doigts. Avant de le ranger, il y jeta un coup d'œil à son tour.

Mon chéri,
Malgré les heures et les océans qui nous séparent
Nous sommes ensemble, nous sommes inséparables
Je suis toujours là, avec toi.

Elias aurait voulu prendre le garçon et le serrer dans ses bras, lui dire qu'il était privilégié, qu'il avait une mère très spéciale, qu'il était chanceux qu'elle ait pensé à lui écrire ces billets pour meubler son absence. Il aurait voulu le rassurer et lui promettre que tout allait rentrer dans l'ordre. Lui dire qu'ils allaient réussir à se faufiler entre les mailles du filet, à effacer toutes leurs traces et à disparaître pour de bon. Il aurait voulu le convaincre que Luana allait bientôt les retrouver et qu'ils allaient reprendre une vie normale. Qu'il pourrait aller à l'école comme les autres enfants et que, derrière la maison, il y aurait un champ où il pourrait courir et faire flotter son cerf-volant rouge dans les airs. Elias aurait aimé être capable de dissiper les craintes de Sasha, mais il ne voulait plus mentir. Luana avait manqué les deux rencontres précédentes, la première dans un petit aéroport du Vermont, la seconde dans une ville obscure du Missouri. Montréal était le dernier point de chute qu'ils avaient établi avant de se séparer. Si elle ne s'y présentait pas, Luana deviendrait un électron libre, un corps céleste perdu dans le cosmos. Dans ce cas, la boîte vocale serait le seul lien les unissant, un fil ténu, prêt à se rompre. Or, Elias redoutait plus que tout cette possibilité : il savait qu'utiliser la boîte vocale était un moyen de dernier recours, qui comportait des risques. Mais Sasha, qui n'avait pas connu son père, décédé dans un accident de la route quelques mois après sa naissance, avait besoin de sa maman. Alors, il ferait tout pour la lui rendre.

Elias se sentait englué. Il mit quelques secondes à faire le vide dans son esprit. Puis, il se tourna vers Sasha pour l'observer. Mains jointes, paupières closes, parfaitement immobile, ce dernier semblait voyager dans les contrées imaginaires de l'enfance. Elias ouvrit la bouche et hoqueta à quelques reprises. Il tenta de prononcer des paroles de réconfort, mais les mots mouraient dans sa gorge. Sa main s'avança et commença à trembler lorsqu'il essaya de la poser sur l'épaule de Sasha. Il aurait tant voulu pouvoir remonter le fil de sa vie afin de déterminer l'instant précis où, des années plus tôt, il avait cessé d'être un homme. Il fixa le garçon et partit dans ses souvenirs.

Dans l'enceinte de l'Institut, la silhouette fantomatique du petit et les traits fins de Luana se découpaient dans la lumière naissante du matin. Et lui les observait de loin, derrière son poste de surveillance, prisonnier de fonctions qui l'accablaient et le rebutaient. Il pouvait les contempler ainsi pendant des heures: le doux visage de la femme dont il s'était épris, celle qu'il aimait et voyait en secret, et son enfant, ce petit garçon étrange qui l'intimidait à cause des autres, à cause de ce qui était arrivé auparavant. Il était loin de se douter à ce moment-là qu'ensemble, Sasha et lui parcourraient plus tard des kilomètres dans le froid et la neige, et passeraient des jours gris à se terrer sous la pluie glaciale, le souffle court, la peur au ventre, tous les sens aux aguets.

« Rappelle-toi tout ce qui s'est passé, tout ce que vous avez traversé, enduré, Elias. Tu as fait ce qu'il fallait pour que Sasha ait une vie meilleure. »

Rongé par le doute, il sortit la balle de tennis jaune de sa poche et recommença à la faire rebondir contre le sol.

« Non ! Tout ça, ce n'est pas vrai. Ça ne peut pas être vrai ! Je l'ai rêvé. »

Maintenant, il sentait qu'il ne pourrait pas aller plus loin. Pas sans Luana. Maintenant, l'attente le rongeait. La balle revint prendre sa place dans sa paume.

Comme si le monde extérieur avait cessé d'exister autour d'eux, la jeune femme à la chevelure rousse et son compagnon se tenaient debout dans l'allée. Sasha ne pouvait détacher les yeux du couple. Soudés dans une étreinte muette, leurs corps restèrent longtemps l'un contre l'autre. Puis, la jeune femme pressa ses mains blanches sur les joues de son amoureux. Quelque chose de dramatique et de désespéré transparaissait dans le plus infime de ses gestes.

– Quoi qu'il arrive, je veux que tu saches que je t'aimerai toujours.

— Tu t'en fais pour rien, mon amour. Je vais faire une autre demande de visa et revenir très vite. Tu vas voir…

La jeune femme bégayait, les mots se bousculaient dans sa bouche. Un instant, Elias crut que ses genoux allaient ployer sous son poids et qu'elle allait s'effondrer sur le sol comme une poupée de chiffon.

— Non. Il ne faut pas que tu partes. Je ne le supporterai pas. Je ne vais pas m'en sortir si tu pars…

La main sur la poignée de sa valise à roulettes, le jeune homme la considérait avec tendresse et empathie. La jeune femme se prit la tête entre les paumes. Elle avait vraiment l'air anéantie, comme si elle portait un terrible secret. Encore quelques secondes et elle se mettrait à pleurer.

— Ne dis pas ça. Tu sais que je n'ai pas le choix. Mais je reviendrai. Je te le promets.

Tout, dans ses yeux miroitants, dans ses traits effondrés, exprimait l'imminence d'une catastrophe. À présent, les gens autour observaient la scène déchirante avec embarras.

— Si tu pars, il va arriver un malheur, je le sens.

Le ton du jeune homme se durcit. Il ne pouvait en tolérer davantage.

— Je t'interdis de dire ça. Et tu n'es pas seule. Ta mère et tes sœurs sont là.

La jeune femme commença à pleurer. Les larmes roulaient sur ses joues ; elle parlait avec des trémolos dans la voix.

— Et s'ils refusent ta demande ?

Le jeune homme se radoucit. Il l'embrassa sur le front.

— Mais pourquoi ils refuseraient, mon amour ?

Il fit quelques pas dans l'atrium, en direction du couloir menant aux portes d'embarquement. S'accrochant à ses vêtements, elle essayait de l'arrêter, à tout le moins de le ralentir, et le couvrait de baisers en se lamentant à mi-voix. Le déluge de larmes et de salive mouillait la bouche et les joues du jeune homme.

— Je t'en prie, ne pars pas ! Pas tout de suite. Reste encore un peu avec moi.

Il consulta nerveusement sa montre. Il commençait à manifester des signes d'impatience. À chaque appel de l'interphone, il tendait l'oreille.

— Il faut que j'y aille, sinon je vais manquer mon vol, mon amour.

Elle se serra de toutes ses forces contre lui. Comme hypnotisée, dopée par sa peine, elle tremblait. Attristé par la scène qui se jouait devant eux, Sasha se pencha vers Elias et murmura de manière à ce que lui seul entende :

— Elle a un bébé dans son ventre…

Calé dans son siège, Elias écarquilla les yeux. Près d'eux, le mélodrame se poursuivait. Pâle comme une morte, la jeune femme se débattait contre la poitrine de son amoureux. Celui-ci semblait se demander s'il n'était pas en train de faire un mauvais rêve. Il essayait tant bien que mal de la contenir. Respirant la bouche entrouverte, il jetait des regards fiévreux tout autour, soudain conscient qu'on les épiait, qu'ils se donnaient en spectacle. Et là, entre deux sanglots, la jeune femme trouva la force de nommer la source de son chagrin :

— Tu ne peux pas partir maintenant, Mason. Je porte ton enfant.

Sans détourner son attention du couple, Sasha posa sa main sur le genou d'Elias, qui tressaillit. Une larme roulait sur la joue du garçon tandis que l'homme examinait ses doigts comme s'ils lui brûlaient la peau. Les voix s'affrontèrent de nouveau dans sa tête, et Elias résista à l'envie de repousser la petite main.

Ils descendirent à l'étage des arrivées. Le front moite de sueur malgré la climatisation, Elias avançait en se tenant le flanc droit. La douleur se réveillait peu à peu, inexorable. Il faudrait qu'il se fasse une nouvelle injection bientôt. Il surveillait les alentours, tentait de rester vigilant, mais tous les visages qu'ils croisaient lui semblaient avoir les mêmes traits, les mêmes expressions éteintes, les mêmes lèvres crispées. Sasha marchait quelques pas derrière lui, traînant les pieds, la tête basse, les épaules affaissées. Elias desserra les dents. Il essayait de trouver quelque chose à lui dire, mais en vain. Il inspira lentement. Sa colère s'estompait, mais il voulait que le petit apprenne de son erreur. Il n'était rien arrivé d'irréparable cette fois encore, mais Sasha avait de nouveau désobéi à la règle.

— T'es fâché contre moi, Elias ?

Il ne répondit pas. Le petit ne se rendait pas compte.

— T'es fâché, hein ?

Elias continua de ruminer ses pensées. Il fallait que Sasha saisisse une fois pour toutes qu'ils ne pouvaient courir le risque qu'on l'entende décrire ce qui allait se produire quelques secondes plus tard. Ils avaient eu beaucoup de chance jusqu'ici. À présent, ils devaient devenir invisibles, se fondre dans le décor. Il fallait que le petit comprenne, mais les voix répétaient les mêmes phrases, encore et encore.

« Ce n'est qu'un petit garçon, Elias… Il n'a que sept ans, il n'a que sept ans, il n'a… »

— J'ai parlé dans ton oreille, Elias. Pour que personne n'entende…

Sasha marchait maintenant à sa hauteur. Sans se tourner vers lui, Elias murmura :

— Je sais.

— C'est pas correct ? On peut quand même se faire prendre si je parle dans ton oreille ?

Elias ne dit rien. Il ne voulait plus rien dire. Il ne voulait plus s'emporter contre le garçon. Un frisson le parcourut. Il était fatigué, il avait faim. Un poids dans sa poitrine l'oppressait. Il se sentait étourdi et fiévreux. Ne plus parler à personne, ne plus voir personne, ne plus entendre personne. Plus jamais. Un instant, Elias eut envie de s'étendre là, sur le sol, au milieu de la foule grouillante de l'aéroport, et de s'endormir. Mais on vivait, on riait autour d'eux, des visages apparaissaient dans son champ de vision, des visages avec des sourires taillés au couteau dans des illusions, des sourires enfoncés dans des crânes qu'il pourrait briser d'un coup, fracasser comme des ampoules électriques. Des hommes, des femmes marchaient en entraînant des enfants à leur suite. Qui étaient-ils, où allaient-ils ? Et, surtout, pourquoi ? Qu'est-ce qui faisait ainsi avancer ces fourmis en rangs serrés, jour après jour ? Ne savaient-ils pas qu'on connaissait tout d'eux ? Elias aurait eu envie de s'arrêter pour leur crier qu'ils n'étaient pas libres, que tout était pourri de l'intérieur, qu'on les surveillait partout, qu'on les épiait même la nuit, dans l'ombre. Il aurait aimé qu'ils apprennent la vérité, qu'ils cessent de croire tout ce qu'on leur disait. Et tout ça se distordait et s'embrouillait dans sa tête. Il aurait voulu figer le temps, là, maintenant, et prendre Sasha dans ses bras pour le serrer très fort. Il savait qu'il ne pouvait se permettre de faire des projets d'avenir, mais d'autres images défilaient à présent dans sa tête. Il s'imaginait passer le reste de ses jours avec Luana et le garçon au fond des bois, d'où ils verraient la vie s'écouler lentement à travers les rideaux translucides d'une maison confortable.

Dehors, le monde attendrait.

— Tu as peur que quelqu'un m'entende et qu'on ait des ennuis à cause de moi ? C'est ça, Elias ? C'est à cause des méchants que tu as peur ? Parce que tu veux me protéger ?

Le visage ruisselant de sueur, Elias dévisagea le petit.

— Il faut qu'on fasse plus attention. Si on ne fait pas plus attention, on va se faire prendre. Tu comprends ça, Sasha ?

Le garçon baissa les yeux en signe d'assentiment et dit :

— Pardon, Elias. Pardon.

Elias s'essuya le front avec son avant-bras, puis il hocha la tête en signe de dénégation.

— Non. Je veux te l'entendre dire.

— Quoi ?

— Je veux que tu me dises que tu comprends.

Sasha releva la tête. Ses yeux brillaient de pureté et d'innocence.

— Je comprends…

Elias savait qu'il n'en était rien. Et c'était tout à fait normal. Le petit ne connaissait pas encore l'étendue de la noirceur de l'âme humaine. Certes, il avait déjà été confronté au Mal, mais il ignorait tout de sa source. Il n'avait jamais exploré les ténèbres enfouies au plus profond du cœur des hommes. Sasha disait qu'il comprenait, mais il ne soupçonnait pas à quel point, à chaque seconde qui s'écoulait, il risquait de se passer quelque chose d'irrémédiable : leur univers pouvait se replier sur lui-même et basculer à jamais, un vide s'ouvrir sous leurs pieds et un voile opaque se tendre au-dessus de leurs têtes. Ils pouvaient être retrouvés, surpris, arrêtés. Ou pire encore…

Le garçon avait trois ans quand Elias l'avait vu pour la première fois. Chargé de la surveillance de l'enfant et de sa mère dans l'enceinte de l'Institut, il avait fini par organiser leur fuite, quelques années plus tard. Elias savait à quels dangers il s'exposait au moment où il avait décidé d'agir. Il connaissait les règles. Les dirigeants de l'Institut n'hésiteraient pas à ordonner qu'un de leurs agents le tue. Pour eux, il n'était qu'un traître et méritait un châtiment. En revanche, Sasha était bien trop précieux pour qu'ils s'en prennent à lui physiquement.

Mais ils feraient tout en leur pouvoir pour lui mettre le grappin dessus et le ramener au laboratoire, où ils continueraient de se livrer, dans le plus grand des secrets, aux expériences dont Sasha et quelques autres enfants faisaient l'objet. Elias ne voulait pas mourir. Du moins, pas tout de suite. Mais, par-dessus tout, il ne pouvait accepter l'idée que le petit soit repris, qu'il se retrouve de nouveau sous le contrôle de l'agence. Il était prêt à sacrifier sa propre vie pour que ça n'arrive pas. Pour Sasha, il se battrait jusqu'à ce que ses forces l'abandonnent, jusqu'à sa dernière goutte de sang, son dernier soupir.

— Ma maman n'est pas morte, hein, Elias ? Son avion n'est pas… J'essaie de la voir dans ma tête, mais ça ne marche pas.

Cruelle ironie, depuis qu'ils étaient séparés, Luana n'apparaissait pas dans les visions de Sasha.

— Tu sais que ça ne marche pas. Ne t'inquiète pas. Je suis sûr qu'elle va bien.

Le garçon retint sa respiration.

— Si elle était morte, tu me le dirais ?

Elias renifla.

— Elle n'est pas morte.

Le garçon parut à demi satisfait de la réponse. Il semblait désemparé. Elias lut même de l'effroi dans son regard.

— Est-ce que son avion… Tu crois qu'elle va venir ?

Elias serra les mâchoires. Son souffle saccadé retentissait dans l'air.

— Oui.

— Qu'est-ce qu'on va faire si elle ne vient pas ?

— Elle va venir.

— Et on pourra trouver une maison ?

Une goutte de sueur tomba dans l'œil d'Elias ; le sel piqua sa cornée. Le délire de Sasha se poursuivait. Il n'attendait même plus les réponses, comme si le fait de poser des questions le libérait d'un poids.

— Et elle viendra vivre avec nous dans la maison, hein ?

Elias leva la tête. Chargé par trop de lumière, le corridor vacillait devant lui.

— Et je pourrai avoir un cerf-volant rouge ?

— Oui.

— Et on le fera voler dans le ciel ensemble ?

— Oui.

Elias cligna des yeux.

— Avec elle, hein ? Avec maman ?

Tout à coup, Elias sentit son esprit se retourner sur lui-même. Ses mains se crispèrent sur ses oreilles. Il pivota brusquement sur ses talons et explosa :

— Arrête ! Je n'en sais rien, OK ? Tu comprends ce que je te dis ? Je ne sais pas.

Elias s'était adossé un instant contre le mur. Il n'allait pas défaillir. Pas ici. Il n'osait plus bouger, le sol tanguait sous ses pieds. Peut-être était-il arrivé au bout du chemin ? Comment sait-on que c'est la mort qui se cache derrière la porte ? Y a-t-il dans les ultimes moments un sentiment d'imminence ?

« Allez, Elias ! Reprends-toi ! Pense à ce qui va se passer si tu n'es plus là pour prendre soin de Sasha. Tu ne vas pas le laisser tomber maintenant, merde ! »

Il chassa les voix de son esprit. Pas question d'abandonner la lutte ! Il pencha la tête vers le sol, comme au ralenti. À travers le brouillard, il vit que Sasha tirait sur son pantalon. Elias déglutit avec peine. Sa langue râpeuse gisait au fond de sa bouche comme un morceau de pain séché.

— Ça va, Elias ? Papa ?

Il s'appliqua à reprendre ses sens. Il devait se battre. Ils s'en sortiraient. Il ne savait pas encore au juste comment, mais ils s'en sortiraient.

— Ça va aller.

Au bord des larmes, le petit se blottit contre sa jambe. Elias n'avait dormi que quelques heures depuis la nuit où ils avaient tout perdu dans l'incendie, trois jours plus tôt. Des gouttelettes de sueur froide naissaient à la racine de ses cheveux, glissaient sur ses tempes, puis roulaient sur ses joues. Il avait chaud, il était à bout de force. Il allait retirer son imperméable mais se ravisa : il craignait qu'en dessous, les points de suture se soient défaits et que du sang ait imbibé sa chemise. Ses mains tremblaient, sa tête tournait. Il se dit qu'il devait garder son calme et ménager ses énergies, il se sentait sur le point de tomber face contre terre. Non. Il allait se ressaisir. Tout allait bien. Il ne s'agissait que d'un moment de faiblesse passager. Et il en connaissait la cause : il n'avait simplement pas assez mangé. Elias se mit à imaginer qu'avec le billet de vingt dollars que leur avait offert Henri, il s'achèterait quelque chose de consistant et cela lui redonna un peu de vigueur. Oui, il se paierait un bon sandwich. Avec un café noir fumant. Il faudrait acheter quelque chose pour Sasha, qui lui aussi bientôt se sentirait faible. Mais attention, il ne fallait pas tout dépenser. Elias se redressa. Ils devaient repartir. Toujours rester en mouvement.

La lèvre inférieure du petit tremblait.

— Tu mens. Je sais que tu mens. Tu vas mourir, toi aussi, n'est-ce pas ?

Le teint livide, Elias toucha son front moite et brûlant. Puis, forçant un sourire, il répondit d'un ton éteint, sans prononcer un mot plus haut que l'autre. Une voix d'outre-tombe.

— Qu'est-ce que tu dis là ? Je ne vais pas mourir. Je suis seulement un peu fatigué.

Elias chancela. Et tandis qu'il tombait vers l'avant, des images salies par le temps tourbillonnèrent dans sa tête.

Alors que son père agonisait, sa mère avait demandé à Elias d'aller chercher le prêtre Koruga. Elias, qui avait alors huit ans, avait couru dans le sentier aussi vite que ses courtes jambes le lui avaient permis. Le prêtre Koruga étant absent lorsqu'Elias s'était présenté au presbytère ; il n'y avait trouvé qu'un jeune curé, fraîchement ordonné, débarqué dans le village quelques semaines plus tôt. Après une brève hésitation, celui-ci avait accepté de l'accompagner jusqu'à la maison. À leur arrivée à son chevet, le vieux était enfoncé sous les couvertures, et seuls son visage gris et une touffe de cheveux blancs en affleuraient. Affaissée sur une chaise, dans un coin, sa mère sanglotait en silence. En proie à une vive agitation, le jeune prêtre avait posé une main tremblante sur son épaule, puis il était allé se poster au chevet du mourant pour le veiller.

Elias l'avait observé un moment. Le jeune ecclésiastique semblait aussi bouleversé que lui-même se sentait calme. Il avait rapidement compris que c'était la première fois que le jeune prêtre côtoyait la mort. Au son des prières qu'ils avaient récitées sans répit, le vieux avait agonisé une partie de la nuit. Des spasmes le secouaient de temps à autre, et parfois il se redressait dans le lit en prononçant quelques mots sans suite avant de retomber sur le matelas. Puis, alors que pointaient les lueurs de l'aube, rendant ses couleurs au monde, un râle s'était échappé de sa bouche. Au moment où Elias avait entendu la vie quitter les entrailles de son père en sifflant, les sanglots incessants de sa mère s'étaient brusquement arrêtés.

Le vieux était mort les yeux ouverts, comme s'il voulait s'assurer de bien voir la Grande Faucheuse en face. Déjà à cet âge, la mort n'effrayait pas Elias. Ayant perdu ses deux frères aînés au Viêt Nam, il avait l'habitude. Sous le regard interdit du jeune prêtre, il avait fermé les paupières de son père, l'avait embrassé sur le front, puis était sorti dans la lumière du matin. Les rayons du soleil lui chauffant la nuque, les mains dans les poches, il avait marché dans le sentier et s'était enfoncé loin dans la forêt. Il n'était revenu à la maison qu'au crépuscule. En rentrant, il avait trouvé sa mère effondrée dans un fauteuil. Elle avait passé le reste de la nuit à pleurer dans ses bras.

Elias revint à la réalité et parvint à conserver son équilibre en s'appuyant sur l'épaule de Sasha, qui le dévisageait, les traits décomposés par l'inquiétude. Il ne put s'empêcher de se demander si le petit serait là pour lui fermer les yeux quand son tour viendrait. Il fit un pas vers l'avant. Puis il se força à en faire un autre. Quelques minutes plus tard, ils atteignirent l'aire des arrivées.

Elias essaya en vain de s'humecter les lèvres. En consultant sa montre, il nota que Sasha s'accrochait avec vigueur à son autre main. Il aperçut un café près des portes vitrées. La vue et les idées embrouillées, il s'attendait à ce que le mirage se volatilise, mais au fur et à mesure qu'ils avançaient, la vision se précisa. Au bord de la syncope, les jambes tremblantes de fatigue, Elias s'écroula sur un tabouret. L'air affable, le serveur s'approcha aussitôt. Ils étaient ses seuls clients. Elias commanda. Il prononçait chaque phrase avec un petit sifflement. Puis, tout devint noir.

— Ça va, monsieur ?

Elias sortit de sa torpeur. Sans qu'il en ait eu conscience, un café fumant et un sandwich avaient atterri devant lui. Avait-il perdu connaissance ou s'était-il endormi ? Ce *black-out* avait-il duré quelques secondes ou plusieurs minutes ? Il n'aurait su le dire. À ses côtés, juché sur son tabouret, les pieds dans le vide, Sasha engloutissait un muffin au chocolat. Une moustache noire et sucrée tachait déjà sa lèvre supérieure. Elias allait attraper le sandwich lorsque le serveur déposa sur le comptoir un verre d'alcool à son intention.

— Tenez, buvez ça.

Elias releva la tête et, pour la première fois, il observa l'homme qui se tenait devant lui : visage avenant, cicatrices d'acné sur les joues, cernes sombres sous des yeux trop bleus ; un regard perçant, le regard de celui qui a tout entendu et qui est revenu de tout, l'expression désinvolte de celui avec qui on peut échanger des banalités, de terribles secrets et tout ce qui gravite entre ces deux pôles ; un caméléon social, capable de bavardages triviaux et de conversations profondes dans la même minute.

Le serveur l'encouragea d'un sourire complice.

— Allez-y.

Les yeux d'Elias disaient qu'il n'avait pas d'argent pour s'offrir ce verre ; ceux du serveur répondaient qu'il savait et que ça n'avait aucune importance. Elias attrapa le verre, le flaira, laissa un moment les effluves du whisky piquer ses narines, puis il renversa la tête et le vida d'un trait. L'alcool incendia sa trachée, coula dans sa poitrine et explosa dans son estomac. Elias posa le verre et tenta d'aspirer une goulée d'air, mais il fut secoué par une quinte de toux. Une fois calmé, il fixa l'homme. Une plaque d'eczéma lui mangeait la peau juste au-dessus de la paupière droite.

— Ça va mieux ?

Elias émergeait peu à peu de son apathie. La vie reprenait le dessus. Il s'enfouit le visage dans les mains. Il aurait eu envie de hurler, mais il murmura plutôt entre ses dents :

— J'ai besoin de savoir. Besoin de savoir si on peut encore s'en sortir…

Le serveur passa ses doigts dans ses cheveux drus.

— On en est tous là à se poser les mêmes questions, hein ? Pourquoi on fait tout ça ? Pour aller où ?

Avant de partir pour accueillir un couple qui venait de s'asseoir à l'autre bout du comptoir, le serveur ébouriffa les cheveux de Sasha.

— On ne va nulle part après. On disparaît, c'est tout…

Elias resta un moment pensif. Puis, il mordit dans le sandwich. Et tandis que les saveurs se mélangeaient dans sa bouche, des larmes lui montèrent aux yeux.

Le sandwich et le café avaient permis à Elias de reprendre des forces. Après avoir réglé la note, il avait salué le serveur d'un signe de tête et accompagné le mouvement d'un sourire exprimant sa gratitude. Sans échanger un mot, Sasha et lui marchèrent jusque devant les écrans où étaient affichées les heures d'arrivée des vols.

— Qu'est-ce qui est écrit, papa ? À quoi ça sert ?

Elias leva le bras et pointa l'index sur une ligne de texte.

— Ça indique quand les avions doivent arriver. Tu vois, ta maman est sur le vol 459. L'avion devait se poser à seize heures trente. Mais ici, ils disent que le vol est retardé…

Plein à craquer, le vol 459 avait décollé approximativement six heures plus tôt de l'aéroport Charles-de-Gaulle. Elias espérait que Luana Anders se trouvait parmi les passagers. Si c'était le cas, ce serait la première fois en dix-huit mois qu'ils seraient réunis.

Elias hocha la tête, désenchanté. Il ne comprenait pas comment on pouvait, même au nom de la sécurité nationale, faire subir ce qu'ils avaient fait subir à Sasha et à Luana. Cet acharnement à vouloir récupérer le petit dépassait l'entendement. On cherchait des démons dans la foule, mais il n'était qu'un enfant comme les autres, perdu dans un monde hostile. L'image de Luana passa devant ses yeux. Reconnaîtrait-elle seulement Sasha ? Il avait tellement changé…

— Ça veut dire quoi, « le vol est retardé » ?

— Qu'il va arriver un peu en retard.

Sasha fut soudain attristé. À côté d'eux, un homme examinait le même écran. De grande taille et d'allure soignée, l'homme le salua de la main. L'enfant se tourna vers lui et le considéra. L'écran éclairait le haut de son visage, ses cheveux de jais et ses yeux noirs légèrement en amande. Il pencha la tête vers le garçon. Leurs regards se croisèrent et restèrent accrochés un moment. Elias salua mécaniquement l'inconnu et invita le petit à le suivre.

— Viens, Sasha.

Ils avaient trouvé une banquette où s'asseoir. Partout, il y avait des gens debout qui attendaient le retour d'un parent, de leur conjoint ou encore d'un ami. Par grappes, des voyageurs franchissaient les portes vitrées qui séparaient les contrôles douaniers du hall des arrivées. Ici, quelques vacanciers trop bronzés. Là, un bouquet de roses à la main, une jeune femme étreignait son amoureux. Là encore, au milieu de la foule compacte, une maman émue serrait ses deux enfants dans ses bras. Elias examinait nerveusement les visages, scrutait sans cesse les alentours. Le temps se fracturait dans sa tête. Les voix, sombres et contradictoires, y tournoyaient, se répondant, se relançant, s'annulant.

« Qu'arriverait-il si, par malchance, quelqu'un vous reconnaissait, Elias ? »

« Au contraire, la foule est un avantage. Vous avez plus de chances de passer inaperçus en vous y fondant… »

Elias commença à se masser les tempes avec le bout des doigts. Après tout, peut-être qu'avec le temps, la peur que quelque chose arrive au petit l'avait rendu fou. Qu'importe, il voulait croire que cette fenêtre qui s'ouvrait était la bonne. À ses côtés, Sasha était complètement ailleurs : il étudiait un vieux qui sucrait son café. Il compta trois sachets. Regardant droit devant lui, le vieux retira sa casquette et se gratta la tête. Se tournant vers Elias, le garçon s'apprêta à dire quelque chose, mais il se retint au dernier moment. Il avait failli oublier qu'Elias serait très fâché s'il ne respectait pas sa promesse. Le vieux souffla sur son café avant de le porter à sa bouche. En buvant la première gorgée, l'homme se brûla la langue et émit quelques jurons. Sasha s'enfouit le visage dans les paumes pour essayer de cacher son rire, mais ses épaules tressautaient.

Elias suffoquait, l'attente était interminable. Alors qu'il plongeait la main dans la poche de son imperméable pour y attraper sa balle de tennis, ses doigts rencontrèrent la couverture souple du roman qu'il avait volé pour Sasha et qu'il avait complètement oublié de lui remettre.

— Tiens, j'ai un cadeau pour toi.

Elias lui tendit le livre. Le garçon repéra tout de suite le titre : *Harry Potter and the Philosopher's Stone*.

— Oh !

Stupéfait, le petit garda la bouche grande ouverte. Les yeux exorbités, il hésitait à toucher le livre.

— C'est pour moi, Elias ? C'est vraiment pour moi ?

Sasha saisit le roman à deux mains, comme s'il s'agissait d'un objet rare et précieux.

— Tu l'as acheté avec les sous que nous a donnés Henri ?

Jusqu'à son dernier souffle, Elias se souviendrait de l'intensité de l'expression du garçon à cet instant-là. Leur aventure était effrayante, mais sous le regard rempli d'innocence du petit, le monde changeait de teinte et devenait quelque chose d'autre, quelque chose de plus grand encore.

— Oui, mentit Elias.

Il s'était levé pour consulter de nouveau l'écran annonçant les arrivées. En revenant rapidement à sa place, il jeta un œil attendri vers Sasha, qui était totalement absorbé par sa lecture, presque en transe. Il savait que le garçon brûlait d'impatience de retrouver Luana. Et il lui enviait cette capacité de se détacher complètement de son environnement pour se plonger dans une histoire. Au moment où Elias allait se rasseoir, le petit releva les yeux.

— Pourquoi l'avion est retardé ?

— Peut-être parce qu'il a fallu réparer une pièce avant le décollage.

De l'appréhension apparut sur le visage du garçon.

— Ça arrive souvent ?

Dans sa tête, les voix rugirent :

« Bravo, Elias ! Tu vas faire peur à Sasha, maintenant. »

— Très souvent. Ne t'inquiète pas, dit-il pour se reprendre.

Rassuré par ces paroles, Sasha se détendit, mais l'excitation perçait dans sa voix.

— Je ne m'inquiète pas. Mais elle arrive bientôt, hein ?

— Oui. Elle arrive bientôt.

Elias baissa la tête en se tordant les doigts.

— Je voulais te dire pour tout à l'heure, Sasha… Je me suis emporté… Pardonne-moi.

Le petit tenait entre le pouce et l'index le papillon en or que lui avait donné Henri.

— Ce n'est pas ta faute. J'aurais dû t'écouter.

Le cœur d'Elias se serra.

Ils perçurent le bourdonnement de la foule avant d'être en vue du comptoir de renseignements. Elias joua du coude pour leur frayer un passage à travers le groupe de personnes qui s'y massait. Il ne parlait pas français, mais il comprit entre les lignes que les gens échangeaient des paroles acerbes avec des représentants de la compagnie aérienne. L'un d'eux répéta en anglais qu'ils ne savaient pour l'instant rien des causes du retard ni l'heure d'arrivée prévue. L'homme aux yeux légèrement bridés dont le petit avait croisé le regard un peu plus tôt se pointa derrière eux.

Sasha se tourna vers lui et dit :

— Toi aussi, tu attends quelqu'un ?

Ils allaient s'engager dans les escaliers pour redescendre à l'étage des arrivées lorsque le garçon s'arrêta brusquement et força Elias à pivoter sur lui-même. Le colosse décharné vit alors un policier du SPVM remonter le corridor au pas de course, suivi de près par un agent de sécurité à vélo. Elias et le petit attendirent qu'ils les aient dépassés avant de reprendre leur marche.

L'œil exercé d'Elias percevait ce qui les entourait avec plus d'acuité. Ce fut quelque chose d'immatériel, une impression vague qu'il était incapable de cerner. En revenant vers l'aire des arrivées, un mauvais pressentiment l'étreignit. Quelque chose n'allait pas, mais il n'était pas en mesure d'identifier quoi. C'était peut-être dans les allées et venues des employés de l'aéroport…

Elias était entraîné à toujours envisager le pire. Une idée folle lui vint brusquement, mais il la rejeta aussitôt. Il n'était pas raisonnable de croire que l'agence serait allée jusqu'à faire disparaître l'avion. Pourtant, il ne pouvait chasser le doute de son esprit.

« Tout ça n'a aucun sens… Luana n'est pas morte, je sais qu'elle n'est pas morte. »

« Mais, Elias… Peut-être que… »

« Non ! Elle est en vie ! Il ne peut en être autrement ! »

« Mais qu'est-ce que tu vas dire à Sasha si… »

« Assez ! Elle n'est pas morte ! »

Elias chassa les voix et essaya de se convaincre qu'il se trompait. Oui, il se trompait !

« Ils n'auraient pas osé. Jamais ! »

Ils s'installèrent dans des sièges près de la banquette qu'ils avaient quittée auparavant. Le va-et-vient qu'Elias avait remarqué se poursuivait. Il avait maintenant la conviction qu'il se passait quelque chose d'important. Il attendit quelques minutes après que le garçon eut repris sa lecture pour se lever, puis il franchit les quelques mètres qui les séparaient du café où ils avaient mangé une bouchée plus tôt. Il voulait parler au serveur. Ce genre d'homme est toujours au courant de tout, songeait-il. Elias posait le coude sur le comptoir lorsque le serveur tourna son visage décomposé vers lui. Leurs regards se croisèrent. Dès cet instant, il sut que son instinct ne l'avait pas trompé.

— C'est le vol 459 ?

Répondant par l'affirmative, l'homme se pencha à son oreille et murmura :

— Il s'est abîmé en mer…

Un grand frisson parcourut Elias. Il ferma les yeux et comprit qu'il ne rêvait pas. Ce qu'il voyait, ce qu'il entendait, ce qu'il ressentait, tout ça se tenait logiquement et faisait corps. Dans son esprit, Luana se mit à tourbillonner dans le ciel, libre de toute entrave, puis elle fut happée et pulvérisée par une immense boule de feu.

« Luana ! »

Une douleur vive lui vrilla l'estomac. Sa gorge se serra. Tout volait brusquement en éclats. Il voulut hurler, mais aucun son ne sortit de sa bouche.

« Non ! C'est impossible ! Je vais me réveiller. C'est impossible. »

Elias tourna brusquement les talons et se mit à marcher droit devant lui.

« Reprends-toi, Elias. Merde, pense au petit ! »

« Elias ! Reviens sur tes pas immédiatement ! »

Les mains sur les oreilles, il continua à avancer. Il n'arrivait pas à gommer l'image de son esprit. Il ne croyait plus en Dieu depuis longtemps, mais il ne put s'empêcher de penser que les cendres de Luana flottaient quelque part dans le ciel, à mi-chemin entre le royaume des vivants et celui des morts.

L'eau froide coulait sur les paumes ouvertes d'Elias. Il s'aspergea le visage à plusieurs reprises. Les salauds. Ils avaient fait exploser l'avion pour éliminer Luana. Comment était-ce possible ? Les mains posées de chaque côté du lavabo, il secoua la tête de gauche à droite. Non. Ce n'était pas possible…

Elias sentit soudain une présence dans son dos. Tous les sens en alerte, il se retourna brusquement. L'homme aux yeux en amande avec qui Sasha avait échangé quelques mots se tenait devant lui, immobile. Elias se relâcha. La rumeur de l'écrasement avait commencé à se propager. Aussi, aucune parole ne fut prononcée. Tout passa par le regard. Presque imperceptiblement, Elias fit non de la tête. L'homme comprit. Il pinça les lèvres, hocha la tête à son tour, puis il sortit.

Elias s'essuyait le visage avec du papier lorsque la réalité le frappa de plein fouet. Il dut faire un effort surhumain pour se ressaisir. Il devait vite regagner l'aire des arrivées. Si ce n'était déjà fait, dans quelques secondes, Sasha se demanderait où il était.

« Tu n'aurais pas dû le laisser seul… Surtout pas maintenant… Tu dois te reprendre, Elias. Sasha a besoin que tu sois pleinement opérationnel… »

Par le passé, il avait été l'un des meilleurs dans son domaine. Mais, à présent, il perdait ses repères. La vérité, c'est qu'au fil du temps, il s'était impliqué émotionnellement. La sécurité du petit en avait été par le fait même compromise. Maintenant, plus que jamais auparavant, le garçon avait besoin de lui. Il n'allait pas l'abandonner. Il n'allait plus jamais l'abandonner. Il allait veiller sur lui. Comme un père sur son fils.

Elias ouvrit le robinet et laissa couler l'eau quelques secondes. Il avait soif. Sa bouche était si sèche… Il se penchait pour boire lorsque, surgissant d'une des cabines, une silhouette fondit violemment sur lui. Avant qu'il n'ait eu le temps de comprendre ce qui lui arrivait, une force irrésistible le tira vers l'arrière tandis qu'une corde de métal s'enfonçait dans la peau de sa gorge, comprimant sa trachée. Elias tomba assis sur le sol ; son agresseur appuya un genou dans son dos. Elias sentit un liquide poisseux se répandre sur sa poitrine. Du sang. Son propre sang. Il ne voyait pas son agresseur, mais il savait bien à qui il avait affaire. Le visage qu'il avait cru reconnaître plus tôt, dans la foule, était bien celui de Costello. Il n'avait pas rêvé. On les avait retrouvés. Il savait aussi qu'il lui restait moins d'une minute à vivre s'il ne réussissait pas à se défaire de la corde de piano qui l'étranglait.

Les choses n'auraient pas dû se passer ainsi, mais la nuit où ils avaient tout perdu dans l'incendie provoqué par les agents chargés de les intercepter, il y avait eu échange de coups de feu. Elias avait été touché à l'abdomen. Plus tard, cette nuit-là, après avoir échappé à leurs agresseurs, Sasha et lui étaient entrés par effraction dans le bureau d'une clinique vétérinaire. Ils y avaient trouvé ce qu'il fallait pour retirer le projectile, désinfecter et suturer la plaie. Il y avait également des antibiotiques et des antidouleur. Par chance, la balle avait ricoché avant de lui fracasser deux côtes. Elias avait expliqué au garçon ce qu'il devait faire. Le petit avait été très calme et aussi très agile. Tandis qu'Elias mordait dans une serviette, Sasha avait récupéré un à un les fragments du projectile avec de longues pinces. Il faisait encore nuit quand ils avaient pris la fuite au volant du véhicule de leurs agresseurs. Au loin, au-dessus du panache de fumée qui surplombait les arbres, les lueurs de l'incendie embrasaient le ciel. Ils avaient laissé derrière eux les corps criblés de balles de deux hommes et d'une femme : les pisteurs qui avaient retrouvé leur trace… Elias avait essayé de faire en sorte que Sasha ne voie pas les détails sordides de la scène, mais sa première préoccupation avait été de s'assurer de les sortir de là vivants.

Avant que son assaillant ramène la corde à lui, Elias avait par réflexe réussi à glisser sa main droite en dessous. Outre sa gorge, la corde d'acier entaillait à présent sa paume jusqu'à l'os. Le sang giclait. Un spasme le secoua. Un voile noir descendait déjà devant ses pupilles. L'air commençait à manquer. Encore quelques secondes et il serait mort. Elias savait qu'il ne servait à rien de tenter de frapper son agresseur avec sa main libre. Ses coups ne porteraient pas suffisamment pour que l'autre lâche prise. Il tira de toutes ses forces avec sa main blessée. Il devait mettre l'autre main sous la corde, coûte que coûte. C'était sa seule et unique chance. Dans son dos, le souffle rauque de son agresseur sifflait dans l'air.

Engagé dans une épreuve de force avec son assaillant, les muscles tendus à la limite, prêts à claquer, Elias parvint à éloigner la corde de sa gorge, jusqu'à pouvoir glisser la main gauche en dessous. Profitant de ce nouvel appui, le métal lui tailladant la chair des doigts, il écarta la corde juste assez pour la passer par-dessus sa tête et se dégager. Lorsqu'il se retourna pour se jeter sur son adversaire, celui-ci le reçut avec un coup de pied au visage. Elias recula d'un pas. Du sang se mit à couler de ses narines. Sans attendre, il se lança en avant et faucha son agresseur à la taille. Les deux hommes partirent vers l'arrière et leurs corps heurtèrent brutalement le battant de métal d'une des cabines. Elias agrippa son adversaire par les cheveux. Le poussant à l'intérieur de la cabine, il lui écrasa la tête contre la paroi de céramique. Une traînée de sang se répandit sur les carreaux. L'autre asséna à Elias un direct au ventre qui le vida de son air, le forçant à lâcher prise. Le souffle momentanément coupé, Elias battit en retraite. Son agresseur bondit hors de la cabine. Son front était ouvert sur une dizaine de centimètres, et du sang lui coulait sur les joues. Pour la première fois, Elias vit son visage. Costello. Il ne s'était pas trompé : l'agence avait envoyé son meilleur tueur à ses trousses. Costello et lui avaient été amis, jadis. Ils avaient même soupé ensemble avec leurs épouses respectives avant que la sienne ne le quitte. Tout ça, c'était du passé maintenant, une autre vie. Costello se rua sur Elias et l'atteignit violemment à la mâchoire. Le coup de pied dans les parties que lui décocha Elias plia Costello en deux. Elias lui asséna ensuite un coup de coude en plein visage. Un bruit d'os brisé lui confirma qu'il avait touché la cible. Costello tomba sur le sol, et Elias l'enfourcha. Le tenant à la gorge d'une main, il récupéra le tuyau dans la poche de son imperméable et se mit à le frapper de toutes ses forces à la tête. Costello se débattit, ses pupilles se contractèrent, et il essaya sans succès d'atteindre Elias avec ses poings. Après quelques coups, Costello cessa de bouger, mais Elias continua de le marteler. Le bruit de sa respiration et, à contretemps, le choc creux du métal sur le crâne de Costello résonnaient dans l'air. Hors de lui, Elias cogna encore à plusieurs reprises.

Quand Elias revint à la réalité, le visage de Costello n'était plus qu'une masse informe, une bouillie de chairs. Déposant le tuyau sur le sol, il s'appuya sur le mur pour se relever. Il était hors d'haleine ; tout oscillait autour de lui. Tenant à peine debout, il allait enjamber le cadavre lorsqu'il fut pris d'un haut-le-cœur. Il tourna sur lui-même et, penché vers l'avant, les paumes sur les genoux, il vomit par terre. Après un moment, il se redressa et contempla longuement sa main ensanglantée. Il eut alors l'impression que le temps se figeait. Chacun de ses gestes se déroulait au ralenti, et un sifflement strident lui vrillait les tympans.

« Tu es en état de choc, Elias. Respire ! »

« Il faut que tu sortes d'ici au plus vite. Bouge ! Quelqu'un peut entrer à tout moment, et là, tout serait fini. »

Et tandis qu'il dépliait les doigts de sa main blessée pour l'examiner, les choses lui apparurent clairement pour la première fois depuis des semaines, et des pensées se mirent à déferler à toute vitesse dans sa tête.

« Comment vous ont-ils retrouvés, Elias ? D'abord quand ils vous ont débusqués dans les bois, puis aujourd'hui ? Quelle erreur as-tu commise ? Quel détail as-tu négligé ? »

« Je n'ai pas utilisé d'ordinateur, de téléphone ou de carte bancaire. Je n'ai pas laissé de trace permettant de remonter jusqu'à nous. Aucune ! OK, à part les appels sur la boîte vocale que j'ai passés à partir de cabines téléphoniques. Mais même si ces appels avaient été tracés, ils ne leur auraient pas permis de nous retrouver. »

« Non, Elias… Il faut que tu cherches ailleurs. Tu sais comment l'agence opère, non ? Mais réfléchis, merde ! Il faut à tout prix que tu évites de refaire les mêmes erreurs si tu veux que le petit et toi sortiez vivants de cet aéroport. »

Elias fit un pas en avant, tituba, faillit s'étaler de tout son long sur le sol de céramique, mais parvint à garder son équilibre. Fixant droit devant lui, il ne voyait plus qu'à travers un tunnel de lumière. Il devait atteindre le lavabo. Ses jambes raidies menaçaient de céder sous son poids, et les voix continuaient de virevolter dans sa tête.

« Tu as toujours voyagé de nuit, tu as tout payé en argent comptant ? »

« Oui, bien sûr que oui ! Peut-être que l'agence a fait circuler notre signalement dans les médias au cours des derniers jours ? Ou que quelqu'un nous a reconnus à l'aéroport ? »

« C'est possible, Elias… Mais… Et s'ils avaient déjà mis la main sur Luana et qu'elle leur avait dévoilé l'existence du point de chute ? »

« Non ! Luana préférerait mourir plutôt que de nous donner ! »

« Peut-être, Elias, peut-être… Mais peu de personnes peuvent résister à la torture. Tu ne peux rejeter cette possibilité du revers de la main… »

« Mais dans ce cas, pourquoi faire exploser l'avion alors qu'ils auraient très bien pu se débarrasser d'elle sans aucun dommage collatéral ? Non, l'hypothèse la plus plausible est que quelqu'un a remarqué des incohérences dans notre comportement les fois où Sasha et moi sommes sortis nous ravitailler… J'avais pourtant choisi des villes de moyenne envergure. Jamais deux fois la même. »

Le corridor de lumière rétrécissait à mesure qu'Elias avançait vers le lavabo. Soudain, ses genoux fléchirent, et il s'effondra. Ses pensées s'accéléraient.

« Des pisteurs ont probablement été envoyés sur vos traces, Elias… Tu sais comment ils fonctionnent… Ils laissent courir un bruit : un père en cavale et son fils ont été aperçus dans le coin… Les pisteurs se font passer pour des détectives privés auprès des gens, ils leur racontent des histoires de pension alimentaire impayée, de père parti avec son enfant sans prévenir la mère. Ils évitent de parler d'enlèvement, ce qui serait du ressort de la police. Et si on leur pose des questions, ils répondent qu'il n'est pas possible d'impliquer les autorités parce que la mère est une femme connue ou encore qu'elle vient d'une famille fortunée qui veut éviter toute publicité négative. »

Elias se releva sur ses coudes avec peine, puis réussit à s'agenouiller. Posant les mains sur le plancher, il essaya de s'appuyer dessus pour se redresser. Il eut beau pousser de toutes ses forces, il n'y parvint pas. Hors d'haleine, il considéra sans les voir les traces de sang que ses doigts imprimaient sur le carrelage.

« Ils laissent sous-entendre que le père a besoin d'aide psychologique, Elias. Oh, on ne lui veut aucun mal ! C'est un bon père, on n'est pas inquiet pour la sécurité de l'enfant. Toutefois, on veut le retrouver pour s'assurer qu'il reçoive les traitements requis par son état. Les pisteurs promettent une récompense à quiconque peut fournir des indications qui permettraient de les retrouver. C'est pourtant simple, tu ne crois pas ? Non seulement les gens gagnent quelques dollars, mais en plus ils ont la conviction de bien agir, de rendre service en permettant à la mère et à l'enfant de se retrouver, et au père d'obtenir l'aide dont il a besoin. »

« Mais je ne connaissais même pas l'identité des deux hommes et de la femme que j'ai abattus la nuit de l'incendie, dans les bois ! »

« Les pisteurs étaient sans aucun doute des sous-traitants, Elias… À part Costello, l'agence n'aurait pas pris le risque de lancer ses propres ressources sur tes traces. Réfléchis ! Le chef d'antenne savait fort bien que c'était condamner ses agents à une mort certaine que de les envoyer à tes trousses. Tu étais le meilleur tueur de l'agence, Elias… Ne l'oublie jamais. Leur meilleur tueur… »

À la troisième tentative, au prix d'efforts surhumains, Elias réussit enfin à se relever.

Il s'accrocha au lavabo. Le robinet était resté ouvert. Il se pencha et but longuement, puis il le ferma. Le sifflement dans ses oreilles cessa, la douleur arriva à retardement. Il ne pouvait pas se permettre de penser à Luana et à l'avion. Désormais, il devait se concentrer uniquement sur Sasha, le protéger de sa vie.

Elias avait eu l'impression que le combat avait duré des heures, mais il ne s'était pas écoulé plus de quelques minutes depuis l'attaque de Costello. Il jeta un regard autour de lui : des éclaboussures de sang mouchetaient la céramique, les éviers et les miroirs. Il se secoua. Il devait faire vite à présent : une course contre la montre était engagée. Si on le surprenait ainsi, la sécurité et la police seraient informées et l'arrêteraient avant même qu'il ait le temps de récupérer Sasha. Il s'agissait déjà d'une chance extraordinaire que personne ne fût encore entré.

Elias aperçut son propre reflet dans le miroir, ce qui l'effraya. Son visage était couvert d'ecchymoses, le coup de pied qu'il avait reçu avait fait enfler son orbite droite, et il y avait quelque chose de sinistre dans ses yeux, quelque chose d'inhumain. En outre, du sang coulait des plaies qu'il avait à la gorge et aux mains, maculait ses vêtements. Il ne pouvait sortir ainsi sans attirer l'attention. Elias analysa la situation et sut en quelques secondes ce qu'il fallait faire. Avec des gestes précis et calculés, il ôta son imperméable, marcha jusqu'au distributeur de papier et en tira plusieurs feuilles. Devant le lavabo, il inspecta sa gorge. L'entaille dans la chair était profonde et continuait de saigner, mais, par chance, aucune artère n'avait été touchée. Les os de l'index et du majeur de sa main droite étaient visibles, et une douleur vive irradiait, mais il ne s'agissait pas de blessures inquiétantes. Il fit couler l'eau, rinça rapidement les plaies, puis se débarbouilla. Ensuite, il déplia la lame de son couteau. Se penchant sur le corps de Costello, il tailla trois bandelettes dans le tissu sombre du pantalon de son agresseur. Il en enroula une sur chacune de ses mains et l'autre autour de son cou, comme un foulard. Cela suffirait à stopper l'hémorragie quelque temps et à dissimuler ses blessures. Il prendrait le temps de mieux se soigner quand ils seraient en lieu sûr.

Plus tôt, lors de l'affrontement, son cerveau avait enregistré que le manteau de cuir de Costello était suspendu à un crochet. En attrapant le manteau, Elias perçut quelque chose de lourd dans l'une des poches et en sortit un pistolet. D'une main experte, il retira le chargeur, vérifia qu'il était plein et le remit en place. S'assurant que le cran de sûreté était enclenché, il glissa l'arme sous la ceinture de son pantalon, contre ses reins. Fouillant le cadavre, il trouva un téléphone cellulaire et un portefeuille qui contenait une centaine de dollars. Il ne prit que l'argent, laissant le reste sur le sol. Il récupéra aussi sa balle de tennis dans son imperméable. Puis il se releva, enfila le manteau et s'inspecta de nouveau dans le miroir : on remarquerait sans doute les éléments discordants de son apparence, mais ça ferait illusion le temps qu'ils disparaissent dans la nature. Elias mit ses lunettes fumées pour cacher la bosse sur son orbite et inspira profondément. Il s'apprêtait à sortir lorsque Sasha entra dans la pièce et baissa les yeux au sol. De l'endroit où il se trouvait, il pouvait voir le cadavre de Costello qui baignait dans une mare de sang.

— Sors immédiatement.

Elias avait parlé d'une voix autoritaire, mais d'un ton calme et rassurant.

— Je t'ai vu dans ma tête, mais je ne te trouvais pas…

La remarque ne le surprit pas. Il avait depuis bien longtemps renoncé à obtenir des explications au sujet de ces visions. À l'Institut, certains chercheurs croyaient que Sasha avait des prémonitions. D'autres, qu'il s'agissait plutôt de la faculté d'anticiper le futur à très court terme. Ceux-là avançaient un début d'hypothèse : le cerveau du garçon effectuait un calcul de probabilités ultrarapide, à la manière d'un superordinateur, en fonction des informations qu'il récoltait. Du moins, c'est ce qu'Elias en avait compris. Et, à vrai dire, il ne se souciait guère du diagnostic des spécialistes. Il acceptait la condition du petit comme une fatalité.

— Il faut vite s'en aller d'ici… Attends-moi à l'extérieur.

Sasha l'enveloppa d'un regard empathique, un regard d'adulte, puis il obtempéra. Elias fixa un moment le cadavre de celui qui avait autrefois été son ami. Il ne regrettait rien : Costello ne lui avait guère laissé le choix. Inspirant profondément, il enfonça les mains dans les poches du manteau de cuir et sortit.

Alors qu'ils marchaient vers les portes vitrées qui donnaient sur le stationnement, Elias comprit pourquoi personne n'était entré dans les toilettes pendant le combat qui l'avait opposé à Costello. Une cellule de crise et des ressources d'aide psychologique avaient commencé à prendre en charge les proches des disparus du vol 459. L'atmosphère était à la panique. Sasha tira Elias par la manche, le força à s'arrêter.

— Non, pas par là, Elias.

— Pourquoi?

— Il y a des policiers qui arrivent.

Ils se dirigèrent vers l'escalier roulant menant à l'étage des départs sans prononcer un mot. Le garçon brisa le silence au bout d'un moment:

— L'homme dans les toilettes…

Elias déglutit avec peine.

— Oui…

— C'était un méchant de la NSA? Un monsieur qui travaillait avec toi au laboratoire où j'étais prisonnier avec maman?

Sans s'arrêter de marcher, Elias répondit par l'affirmative. Dans les bois, quand le petit lui avait demandé pourquoi on le retenait prisonnier à l'Institut – le nom donné aux installations de la National Security Agency –, il avait répondu à ses questions avec franchise. Il lui avait notamment dit ce qu'était la NSA et pourquoi elle s'intéressait à lui et à quelques autres enfants aux facultés semblables aux siennes: elle les étudiait afin de comprendre la mécanique de leur cerveau. Elias avait aussi expliqué à Sasha que les scientifiques se servaient d'eux comme cobayes pour tester des drogues censées accroître le développement de ces aptitudes. Enfin, il lui avait mentionné que la NSA espérait que ces enfants pourraient éventuellement venir en aide à l'agence et l'appuyer dans ses activités de surveillance et d'espionnage. Elias n'avait toutefois pas eu le courage de lui avouer que S.A.S.H.A., le nom qu'on donnait à tous les enfants à leur arrivée à l'Institut, était l'acronyme du programme ultra-secret de la NSA et qu'il signifiait *System for Advanced Surveillance of Human Activity*. Il n'avait pas su non plus lui dire qu'il avait été l'un des plus redoutables tueurs de l'agence.

— Le monsieur qui est mort, est-ce que c'est lui qui a tué l'autre petit garçon ? Celui que tu étais chargé de surveiller avant moi ?

L'autre petit garçon, celui qui était à l'origine de son traumatisme… Elias avait rejoué la scène dans sa tête des milliers de fois ; les images lugubres hantaient ses pires cauchemars. Conduite par le père, la voiture qui emportait la mère et l'enfant démarrait en trombe pour essayer de forcer la grille de l'Institut. Incapable de faire feu sur celui dont il avait la responsabilité, Elias arrêtait de courir et baissait son pistolet. Mais Costello surgissait derrière lui, l'arme au poing. Des détonations déchiraient le silence, et la lunette arrière du véhicule volait en éclats. En pleine accélération, l'auto bifurquait brusquement de sa trajectoire pour aller s'écraser contre un arbre. Elias se précipitait vers le lieu de l'impact en retenant son souffle. Les projectiles avaient eu raison du père et de l'enfant. Le crâne fracassé du garçon et l'habitacle maculé de sang ne laissaient aucune place au doute. Et il restait là, pétrifié, tandis que les cris de la mère ricochaient dans l'air. Elias n'avait pas su sauver son premier S.A.S.H.A.

Le petit prit la main d'Elias dans la sienne. Cette fois, l'homme n'essaya pas de la retirer. Les yeux humides, il serra davantage les doigts de l'enfant.

— Tout à l'heure, quand tu étais parti chercher de la nourriture, j'ai entendu des gens qui parlaient d'un avion qui a disparu…

Sasha releva le menton et plongea son regard horrifié dans celui d'Elias. Le petit savait.

— Cet avion, c'était celui de ma maman, hein ?

Elias contracta ses mâchoires. La pureté et l'innocence de Sasha lui donnaient envie de hurler. Des larmes inondèrent le visage du garçon. Entre deux sanglots, il parvint à hoqueter quelques phrases :

— C'est ma faute. Tout à l'heure, j'ai vu un avion dans le ciel et j'ai pensé dans ma tête que… J'ai pensé qu'il tombait dans l'eau…

Elias s'agenouilla devant le petit, l'étreignit et se mit à le bercer dans ses bras. Il pleurait lui aussi.

— Tu ne fais pas arriver les choses, Sasha. Tu les vois dans ta tête un peu avant qu'elles se produisent. Ce n'est pas ta faute. Tu n'as rien à te reprocher.

Dans l'esprit d'Elias, les voix ajoutèrent leur part aux mots qu'il venait de prononcer.

« C'est mon fils, maintenant. C'est mon fils… »

Luana avait craint le pire lorsque, après qu'elle eut passé le premier point de contrôle, un agent des Services frontaliers du Canada l'avait interpellée. Après avoir remis son passeport à une de ses collègues pour qu'elle effectue des vérifications, il l'avait conduite à l'écart, dans une salle d'interrogatoire. Le mobilier de la pièce se limitait à une table et à deux chaises droites. L'agent lui avait demandé de s'asseoir. Sans dire un mot, l'air sévère, il avait répandu sur la table le contenu de son sac de voyage. Puis, les mains gantées de latex, il avait fouillé minutieusement ses effets personnels. Il l'avait ensuite longuement questionnée. D'où arrivait-elle ? Combien de temps comptait-elle séjourner au Québec ?

Alors que Luana croyait tout perdu, qu'elle s'imaginait démasquée, la collègue de l'agent était entrée et lui avait chuchoté quelque chose à l'oreille. Le visage de l'agent s'était aussitôt décomposé. Il était sorti en s'excusant. À son retour, il avait rendu son faux passeport à la jeune femme et lui avait annoncé qu'elle pouvait partir.

Avant de fuir l'Institut où elle et le petit étaient retenus contre leur gré, Elias et Luana avaient convenu, pour maximiser leurs chances de réussite, de se séparer. Plus à même d'assurer la protection de Sasha, Elias prendrait le garçon avec lui tandis qu'elle lancerait leurs poursuivants sur une fausse piste. Ils avaient par conséquent établi des points de chute où se retrouver. Un mois plus tard, terrée dans un village d'Amérique latine où elle attendait le moment propice pour reprendre contact avec eux, Luana avait été victime d'une sauvage agression. Après lui avoir volé son argent et ses papiers, deux crapules locales l'avaient laissée pour morte sur le bord d'un sentier. Luana avait émergé d'un coma quelques semaines après dans un hôpital de brousse, et le retour à la santé avait été une longue route parsemée d'embûches. Son corps s'était rétabli plus vite que sa mémoire. Aussi, elle n'avait jamais été en mesure de se souvenir du numéro de la boîte vocale qu'elle avait appris par cœur avant leur fuite de l'Institut. Cependant, elle s'était rappelé récemment que leur dernier point de chute était l'aéroport de Montréal et qu'elle devait y entrer en provenance de Paris par le vol 459.

Par mesure de précaution autant que pour semer d'éventuels poursuivants, Luana avait acheté un second billet. Elle était rentrée trente minutes plus tôt que l'heure prévue, par le vol d'une autre compagnie aérienne, en partance d'un autre aéroport. Le temps qu'elle avait perdu aux douanes l'avait cependant retardée considérablement. Elle espérait ne pas avoir manqué le rendez-vous.

En franchissant la porte menant au hall des arrivées, son sac de voyage sur l'épaule, Luana comprit qu'il se passait quelque chose d'inhabituel. Par petits groupes, des gens en pleurs s'étreignaient. À genoux sur le sol, une femme criait en se tenant la tête. Son mari et deux agents de sécurité essayaient de l'aider à se relever. L'air absent, plusieurs personnes étaient pendues aux lèvres d'une représentante d'une compagnie aérienne qui, talkie-walkie à la main, semblait leur donner des directives. Luana allait s'informer auprès d'un homme qui se trouvait à proximité lorsque, balayant l'espace, elle remarqua deux silhouettes qui s'éloignaient. En voyant Sasha marcher avec Elias Wallach, son amoureux, celui qui les avait tirés des griffes de la NSA au péril de sa vie, elle sentit son cœur se serrer comme un poing. Une bouffée d'émotion se répandit dans sa poitrine, et des larmes de joie lui montèrent aux yeux.

« C'est mon petit garçon. C'est mon petit garçon. C'est un cadeau du ciel. »

Elias et Sasha allaient s'engager dans l'escalier roulant lorsque le petit se figea et pivota brusquement sur lui-même. Elias fit de même.

— Ma maman n'est pas morte. Elle est ici…

Sous le regard affligé d'Elias, Sasha se mit à scruter les environs.

Et lorsqu'il aperçut Luana, son visage tout entier s'illumina.

Bien des années plus tard, quand il aurait mené sa propre vie et qu'il serait devenu un vieil homme, Sasha se souviendrait encore que jamais il n'avait couru aussi vite que ce jour-là…

MERCI À…

Alina, Claudia et Pierre, que j'aurais suivis même en enfer tant vous êtes inspirants !

Martin Balthazar, Annie Goulet, Myriam Comtois, Stéphane Berthomet, Martin Bélanger et toute l'équipe de VLB pour votre soutien, les pâtisseries, les cafés et votre foi en nous.

Raymond Bock pour la révision.

Geneviève pour ses encouragements et son œil de lynx.

Vous, mes lecteurs fidèles, qui suivez mes explorations dans l'univers de la littérature et lisez même mes remerciements. Continuez de m'écrire en grand nombre et de me rejoindre sur ma page d'auteur :

www.facebook.com/martinmichaudauteur

MUSIQUE

L'écoute des pièces suivantes a été essentielle au processus d'écriture de ce roman :

« Troublemaker »	Beach House
« Marshal Dear »	Savages
« Fly Boy Blue / Lunette »	Elbow
« I Need My Girl »	The National
« Morning »	Beck
« Friday I'm In Love »	The Cure
« C'est mieux comme ça »	Hôtel Morphée
« Dimensions »	Arcade Fire

À PROPOS DE

IL NE FAUT PAS PARLER DANS L'ASCENSEUR

Prix Coup de cœur du Club du polar de Saint-Pacôme 2010

Finaliste au Prix Saint-Pacôme du roman policier 2010

Finaliste – Grands Prix littéraires Archambault – Prix de la relève 2010

Découvertes littéraires de l'année 2010, Journal La Presse

Première sélection, prix Polar international du festival de Cognac, France 2011

« L'histoire est racontée en tranches courtes, au style rapide (le classique puzzle de 1000 morceaux) qui nous obligent à tourner les pages, jusque trop tard le soir. »
Benoît Aubin, JOURNAL DE MONTRÉAL

« Cette grande première est une réussite, de la première page à la dernière ! […] Ce sont trois histoires et de nombreux destins qui s'entremêlent dans ce suspense captivant et remarquable… »
Cynthia Dubé, LE JOURNAL DE SHERBROOKE

À PROPOS DE

LA CHORALE DU DIABLE

Prix Saint-Pacôme du roman policier 2011

Arthur-Ellis Award 2012

Top 10 des meilleurs livres québécois de l'année 2011, Journal La Presse

« Un roman policier à la hauteur des meilleurs romans policiers écrits par les meilleurs auteurs à travers le monde. »
PREMIÈRE CHAÎNE, SRC

« Avis aux écrivains désireux de faire leur marque dans le polar […] : voilà l'exemple (presque) parfait pour atteindre la notoriété souhaitée. […] Du vrai travail de pro. »
Norbert Spehner, REVUE ALIBIS

« Martin Michaud, la nouvelle star du roman policier québécois. »
PREMIÈRE CHAÎNE RADIO CANADA

À PROPOS DE

JE ME SOUVIENS

Prix Saint-Pacôme du roman policier 2013
(Martin Michaud est le premier écrivain
à remporter cette distinction à deux reprises.)

Finaliste au Prix Tenebris 2013

Finaliste au Prix Arthur-Ellis 2013

Top 50 des livres de l'année 2012, Journal La Presse

« Pourquoi se contenter d'auteurs scandinaves quand on a sous la main celui qu'on qualifie à juste titre de nouveau maître du polar québécois ? »

Martine Desjardins, L'ACTUALITÉ

« Martin Michaud a défrayé la chronique en devenant l'un des auteurs les plus populaires du Québec, mais aussi l'un des meilleurs écrivains de polars. »

Sophie Ginoux, CIBL FM

À PROPOS DE

VIOLENCE À L'ORIGINE

Prix Tenebris 2015, meilleur vendeur

« Fidèle à son habitude, [Martin Michaud] propose une enquête puissante, lugubre à souhait, où la psychologie des personnages est explorée avec autant de minutie que de virtuosité. »
Marie-France Bornais, JOURNAL DE QUÉBEC

« Le nouveau coup de maître de Martin Michaud. »
Samuel Lachapelle, HUFFINGTON POST

« L'incontournable Martin Michaud est ce qui se fait mieux en termes de polars au Québec. »
Stéphane Berthomet, RDI WEEK-END

« On aime ce livre pour l'écriture. On ne s'y ennuie jamais. C'est vivant, dynamique, impressionnant, bouleversant. Michaud met en scène des personnages qui évoluent dans la plus pure actualité montréalaise. »
Michèle Bourgon, ROGERS TÉLÉ

À PROPOS DE

SOUS LA SURFACE

Prix Tenebris 2014, meilleur roman

Finaliste au prix Plume de cristal 2015

Finaliste au Prix Balai d'or 2015

« Le meilleur suspense à avoir jamais été écrit
par un auteur québécois. »
Daniel Marois, HUFFINGTON POST

« Il emprunte un style d'une limpidité exemplaire qui fait penser que son roman pourrait facilement être traduit dans une dizaine de langues et vendu partout sur la planète. »
Michel Bélair, LE DEVOIR

« Ce chef de file du polar québécois n'a rien à envier
à ses modèles anglo-saxons. »
Norbert Spehner, LA PRESSE